Steil! Dawn!

Enwogrwydd!

Pop a roc a ballu!

Cam bychan
at y llwyfan mawr!

Gweld Sêr

Seren

Cindy Jefferies

addasiad
Emily Huws

Argraffiad cyntaf: 2009

ⓗ addasiad Cymraeg: Emily Huws

Rhif rhyngwladol: 978-1-84527-217-3

Teitl gwreiddiol: *Solo Star*

Mae'r cyhoeddwr yn cydnabod cefnogaeth ariannol
Cyngor Llyfrau Cymru

Cyhoeddwyd yn wreiddiol yn Saesneg gan Usborne Publishing Ltd.
© testun Saesneg: Cindy Jefferies
Cyhoeddwyd yn Gymraeg gan Wasg Carreg Gwalch,
12 Iard yr Orsaf, Llanrwst, Conwy, LL26 0EH.
Ffôn: 01492 642031 Ffacs: 01492 641502
e-bost: llyfrau@carreg-gwalch.com
lle ar y we: www.carreg-gwalch.com

Argraffwyd a chyhoeddwyd yng Nghymru.

Gweld Sêr

1. Diwrnod Pwysig

Doedd neb eisiau bod yn hwyr yn yr ysgol heddiw. Ond Erin Elis oedd y gynta yn ei hystafell i wisgo amdani, ac roedd hi'n barod. Ysai am gael cychwyn, a safai'n ddiamynedd wrth y drws tra oedd y genethod eraill a rannai ei hystafell yn hel eu pethau at ei gilydd.

"Ty'd 'laen," meddai'n ddiamynedd wrth Llywela Cadwaladr oedd wedi bod am hydoedd yn brwsio'i gwallt. Cododd Llywela ei haeliau ond ddywedodd hi ddim byd.

"O'r diwedd!" ochneidiodd Erin, fel roedd Llywela, Fflur a Ffion Lewis, yr efeilliaid, a hithau yn mynd i lawr y grisiau ac allan o dŷ Fron Dirion lle'r oedden nhw'n byw ac allan i haul y bore, gan ymuno â fflyd o enethod eraill i gyd yn clebran ei hochr hi ar eu ffordd i gael brecwast.

"Haia, Dan!" gwaeddodd Erin, yn cael cip ar ei

7

ffrind fel roedden nhw'n cyrraedd yr ystafell fwyta.

"Awn ni i nôl bwyd os wnei di gadw lle inni," cynigodd Ffion, un o'r efeilliaid enwog a ffrind gorau Erin.

"Iawn," meddai Erin, a saethodd ar draws y stafell drwy'r criw o fyfyrwyr llawn cyffro cyn gyflymed ag y gallai. Ymunodd â Dan, Ed ac amryw o fechgyn eraill yn eu blwyddyn nhw, a chafodd afael ar ddigon o gadeiriau i bawb fedru gwasgu o amgylch y bwrdd.

Roedd awyrgylch fywiog iawn bob amser ym Mhlas Dolwen, yr ysgol berfformio. Roedd y myfyrwyr yno i ddysgu sut i lwyddo yn y diwydiant cerddoriaeth, felly doedd 'run ohonyn nhw yn swil ac yn ddistaw. Ond ar y bore braf yma o haf roedd y lle yn berwi mwy nag arfer oherwydd roedd hi bron yn ddiwedd y flwyddyn ysgol a heddiw oedd diwrnod Sêr y Dyfodol. Ar ôl misoedd o waith caled, byddai'r myfyrwyr yn cael clywed pwy fyddai'n cael y fraint o berfformio yn y cyngerdd Sêr y Dyfodol holl bwysig ar ddiwedd y tymor. I rai, heddiw fyddai diwrnod gorau'r flwyddyn.

"Croissants siocled," cyhoeddodd Ffion, yn sodro hambwrdd ar y bwrdd. "Mae hyd yn oed staff y gegin wedi penderfynu bod heddiw'n ddiwrnod arbennig."

"Does gen i ddim digon o farciau Sêr y Dyfodol," meddai Ed. "Ond dyna ni. Bydd sawl blwyddyn ar ôl hon." Cydiodd mewn croissant. "Ac mae cael un o'r rhain *bron* cystal â chael perfformio yn y cyngerdd."

"O, paid â malu awyr," meddai Fflur. "Cymryd rhan yn y cyngerdd ydi uchelgais pawb!"

"Byddai'n brofiad a hanner cael perfformio'n fyw yn stiwdio Barcud," meddai Erin. "Ac yn agor pob math o ddrysau inni."

"Mae Rob yn sicr o gael lle," meddai Fflur. "Mae o mor dalentog, ac yn *gymaint* o hync!"

"Cau hi, Fflur," cwynodd Llywela. "Rwyt ti'n brolio gormod arno! Mae pawb yn gwybod dy fod ti'n ei ffansïo fo'n ofnadwy!"

"Nac ydw!" protestiodd Fflur, ond doedd neb yn ei choelio hi. Tynnwyd ei choes yn aml ynghylch y canwr talentog ym mlwyddyn deg, ond nid hi oedd yr unig un oedd wedi sylwi arno. Cytunai'r rhan fwyaf o fyfyrwyr y byddai Rob Copeland yn cael cyfle eleni. Roedd ei lais wedi torri'n gynnar. Swniai'n soniarus ac yn gyfoethog iawn erbyn hyn a'r genod i gyd yn dotio ato.

"Dwi'n dal i feddwl fod gen *ti* obaith da," meddai Ffion wrth Erin.

Gwenodd Erin ar ei ffrind gorau. "Tybed?" meddai hi. "Cofia 'mod i wedi cael tipyn o broblemau ar ddechrau'r flwyddyn. Doedd gen i ddim llais o gwbl bryd hynny!"

"Ond rwyt ti wedi cael hwyl ardderchog wedyn," atgoffodd Ffion hi. "Felly wyddost ti ddim be fydd yn digwydd. Mae gen ti fwy o farciau Sêr y Dyfodol na Fflur a fi, ac yn bendant, chdi ydi'r seren yn nosbarth Mr Parri."

Gwridodd Erin.

"*Wir!*" cytunodd Fflur. "Rwyt ti'n gweithio mor galed i gael pethau'n iawn. Dwyt ti byth yn rhoi'r ffidil yn y to, ac mae gen ti lais aruthrol!"

"Ond y myfyrwyr hynaf sy'n cael eu dewis fel arfer, ynte?" meddai Ed. "Mae'n rhaid inni gofio fod ganddyn nhw fwy o brofiad na ni, ac mae'r rhan fwyaf ohonyn nhw'n well na ni hefyd."

"Ydyn, maen nhw," cytunodd Erin, yn ceisio peidio gadael i eiriau'r efeilliaid godi gormod ar ei gobeithion. Ond yn ddistaw bach fedrai hi ddim llai na gobeithio fod ei pherfformiad olaf wedi ennill digon o farciau iddi gael cyfle beth bynnag.

Roedd y drefn yn ddigon syml. Câi pob myfyriwr farciau gan eu hathrawon am waith cyffre drwy gydol y flwyddyn ac am berffor arbennig o dda hefyd. Plesiwyd Erin yn faw pherfformiad olaf mewn cyngerdd mawr aw agored i godi arian ar gyfer ysgol yn Affrica. Dyna hoff beth hi: bod ar lwyfan ar ei phen ei hun, yn gwbl annibynnol ar unrhyw berfformiwr arall. Doedd bosib ei bod wedi gwneud yn ddigon da i fod ar y blaen i fyfyrwyr hŷn tu hwnt o dalentog? Annhebygol iawn, debyg.

"Dwi'n meddwl mai Dan fydd yr unig un ohonon ni i gael cyfle," meddai hi, yn gwenu ar y drymiwr mwyaf talentog yn eu blwyddyn nhw.

"Wel, gawn ni wybod yn fuan," meddai ffrind Dan, Cochyn. "Mae hi bron yn amser inni gael clywed." Cododd ar ei draed a chydiodd yn ei faglau. Roedd gan Erin drueni mawr drosto. Roedd Cochyn yn ddawnsiwr gwych ac mewn lle cryf iawn i gael ei ddewis, ond roedd o wedi brifo wrth gadw reiat un diwrnod. Doedd ganddo ddim gobaith wedyn. Nid yn unig roedd yn rhaid i rywun gadw'i drwyn ar y maen a gweithio'n galed yn y busnes yma, roedd yn

cadw'n iach ac yn heini hefyd.

ch 'laen," meddai Ffion. "Fedra i ddim
f aros rhagor. Os awn ni rŵan, dylen ni gael
ddau da."

Cerddodd pawb dow-dow wrth ochr Cochyn i gyfeiriad y theatr ac eistedd i lawr efo'i gilydd. Edrychodd Fflur ar Erin a rowlio'i llygaid. Doedd hi ddim yn un amyneddgar ar y gorau, ac yn sicr, doedd heddiw ddim yn eithriad.

Unwaith roedd Mrs Powell, y Pennaeth, wedi gorffen darllen y cyhoeddiadau, tawodd. Doedd dim rhaid iddi aros i gael sylw pawb oherwydd gwyddai pob myfyriwr mai cyhoeddi enwau Sêr y Dyfodol fyddai nesaf. Roedd y theatr fechan mor ddistaw, gallai fod yn hollol wag. Erfyniai pawb yn ddistaw ar Mrs Powell i frysio i gyhoeddi, ond gwyddai'r

Pennaeth sut i drin cynulleidfa gystal ag unrhyw un. Gorfododd nhw i aros. Roedd pawb ar bigau'r drain.

"Ac yn awr," meddai hi o'r diwedd drwy'r tawelwch trydanol, "Cyngerdd Sêr y Dyfodol."

Gwasgodd Erin ei dwylo dros ei cheg i rwystro'i hun rhag gwichian yn gyffrous.

"Roedd hi'n agos iawn eleni," meddai Mrs Powell. "A mwy nag arfer o fyfyrwyr yn llawn haeddu cyfle. Ond wedi cyfri'r holl farciau am gynnydd drwy gydol y flwyddyn ac am berfformiadau ardderchog iawn, dyma'r enwau." Tawodd am eiliad drachefn. Bu bron i Erin sgrechian.

"Rob Copeland."

Rhoddodd Fflur wawch uchel a dechrau curo'i dwylo'n wyllt fel pawb arall yn yr ysgol. Rhoddodd Erin a Ffion winc slei ar ei gilydd. Byddai'r newyddion yna yn cadw Fflur ar ben y byd am weddill y dydd.

Arhosodd Mrs Powell i'r gymeradwyaeth dewi cyn darllen yr enw nesaf. "Isla Duncan."

Myfyriwr blwyddyn olaf oedd Isla ac roedd hi'n gantores ardderchog. Roedd Erin yn falch iawn o'i llwyddiant a chymeradwyodd yn frwd gyda phawb arall.

"Dan James."

Rhoddodd Erin glamp o wich. "Dan! Gest ti dy ddewis!"

Ffrwydrodd cymeradwyaeth wyllt o amgylch Dan. Roedd yn fachgen poblogaidd a phawb wrth eu bodd fod rhywun o'r adran iau yn un o Sêr y Dyfodol. Fyddai Dan byth yn brolio nac yn dangos ei hun, roedd yn weithiwr caled iawn ac yn ddrymiwr anhygoel. Plygodd Erin drosodd a'i gofleidio'n gyflym.

"Da iawn ti!" meddai hi. "Gwych! Byddi di ar y teli!"

Fel arfer edrychai Dan yn eithaf difrifol, ond yn awr lledodd gwên anferthol i oleuo'i wyneb i gyd a disgleiriai'i lygaid. "Diolch!" meddai. "Alla i ddim credu ..."

Roedd Erin yn dal i longyfarch Dan pan ddechreuodd ei ffrindiau i gyd neidio i fyny ac i lawr a chymeradwyo drachefn. "Gollais i'r enw yna," meddai hi wrth Ffion. "Pwy oedd o?" Ond am funud fedrai ffrind gorau Erin ddim dweud yr un gair o'i phen ac roedd ei llygaid yn llawn cyffro. *"Pwy?"* mynnodd Erin yn gyflym, heb eisiau colli rhagor o enwau.

Yn lle ateb, lluchiodd Ffion ei breichiau o amgylch Erin, gan ei chofleidio'n dynnach nag erioed yn ei bywyd.

"Da *iawn!"* gwichiodd Fflur, yn cydio yn Erin hefyd.

"Be?" gofynnodd Erin, yn straffaglio i anadlu.

"Chdi ydi o!" gwaeddodd Ffion, yn cael hyd i'w llais o'r diwedd. "Rwyt ti wedi cael lle yng nghyngerdd Sêr y Dyfodol, Erin!"

2. Seren Newydd

"O! Gwych!" meddai Ffion. "Dwi wedi dweud erioed dy fod ti'n seren! Wyddwn i'n iawn fod gen ti obaith da!"

Teimlai Erin ei chalon yn dyrnu o dan ei chrys-T. Oedd o'n wir? *Oedd* ganddi ddigon o farciau Sêr y Dyfodol?

"Wel," meddai Dan, yn gwenu o hyd. "Da, ynte? Y ddau ohonon ni'n Sêr y Dyfodol ar ddiwedd ein blwyddyn gynta ym Mhlas Dolwen! Does ryfedd ein bod ni'n dau wedi cael ysgoloriaeth i ddod yma!"

"Dan!" meddai Erin, yn gwneud ei gorau glas i swnio fel petai'n wfftio ato'n eu canmol. Ond, chwarae teg, dim ond dweud y gwir oedd Dan. Gwyddai pawb nad oedd ysgoloriaethau yn cael eu cynnig i rywun-rywun. Roedd talentau Dan ac Erin yn amlwg cyn iddyn nhw ddod i'r ysgol, ac yn awr, gyda'u holl waith caled, roedden nhw'n gwireddu ffydd yr athrawon ynddyn nhw.

Ond er hynny, teimlai Erin iddi fod yn lwcus iawn i fod yn un o Sêr y Dyfodol yn ei blwyddyn gyntaf yn yr ysgol. Byddai'n ddigon cyffrous petai'n fater o recordio rhaglen deledu yn unig, ond roedd cael perfformio o flaen cynulleidfa yn stiwdio Barcud yn fwy cyffrous fyth. Yn ogystal â phobl o'r diwydiant cerddoriaeth, byddai pobl P&D yno – sef sgowtiaid arbennig cwmnïau recordio yn chwilio am dalentau newydd. Perfformwyr a'u Deunydd oedd ystyr P&D. Eu gwaith nhw oedd darganfod talentau newydd, ac yn y gorffennol roeddent wedi cynnig cytundebau i amryw o Sêr y Dyfodol yn y fan a'r lle.

"Ssssh! Ssssh!"

Roedd Mrs Powell yn dweud rhywbeth arall, ac yn araf tawelodd pawb a bu distawrwydd. "I orffen y cyfarfod yma, bydd perfformiad byr gan ddau o'n dawnswyr," meddai hi. "Pawb o Sêr y Dyfodol eleni i aros ar ôl ar y diwedd i drafod manylion y cyngerdd efo Mr Parri a Huwcyn ap Siôn Ifan. Dyna'r cyfan. Pawb arall i gerdded allan yn ddistaw a mynd i'w gwers gynta ar ddiwedd y perfformiad."

Ni fedrai Erin ganolbwyntio ar y ddawns. Y cyfan oedd ar ei meddwl hi oedd y ffaith y byddai'n perfformio yng nghyngerdd Sêr y Dyfodol. Prin y medrai gredu'r peth. Flwyddyn yn ôl roedd hi'n mynd i ysgol gyffredin heb fawr o obaith bod yn gantores. Yn awr roedd hi ym Mhlas Dolwen, ysgol orau'r byd, ac ar y ffordd i wireddu'i breuddwyd i fod yn seren bop.

Aeth gweddill y cyfarfod heibio drwy niwl i Erin, ond o'r diwedd roedd popeth drosodd a'r mwyafrif o'r myfyrwyr yn gadael y neuadd.

"Hwyl fawr iti!" meddai Ffion, yn oedi i gofleidio Erin drachefn cyn diflannu i'w gwersi efo'i chwaer.

Gwenodd Dan ac Erin ar ei gilydd yn gyffrous. Roedd pawb bron wedi mynd erbyn hyn. Cyfrifodd Erin faint o fyfyrwyr oedd wedi cael eu dewis fel Sêr y Dyfodol. Roedd yno un ar bymtheg, pob un ohonyn nhw yn hŷn na Dan a hithau. Roedd amryw yn eu blwyddyn olaf yn yr ysgol, yn oedolion bron.

"Dowch yn nes," galwodd Mr Parri. Safai'r athro canu yn seddau'r rhes flaen gyda Huwcyn ap Siôn Ifan, Pennaeth yr Adran Roc. Brysiodd Sêr y Dyfodol i gyd atynt.

"Cyfarfod byr fydd hwn, i'ch cael chi i gyd at eich gilydd am y tro cynta," gwenodd Huwcyn ar bawb. "I ddechrau, llongyfarchiadau! Mae pob copa walltog ohonoch chi wedi ennill eich lle yma drwy waith caled. Gwn y byddwch chi i gyd yn fwy na bodlon i weithio'n galetach fyth i wneud ffenest siop Plas Dolwen mor ddeniadol fyth ag y medrwn ni."

Gwrandawodd Erin yn astud ar bopeth roedd Huwcyn yn ei ddweud. Roedd hi'n ymwybodol iawn mai hi oedd un o'r ieuengaf yno a doedd arni hi ddim eisiau bod yr unig un i ddifetha'r holl gyngerdd.

"Rŵan, fel dach chi'n gwybod mae'n debyg," meddai Huwcyn, "rhaglen hanner awr yn unig ydi hi ar y teledu, a hynny'n cynnwys pytiau cyffredinol ynghylch y perfformwyr rhwng pob act, sy'n cwtogi'r amser perfformio fwy fyth. Felly mae'n rhaid inni drefnu sut y medrwn ni roi'r cyfle gorau i'r un ar bymtheg ohonoch chi ddangos eich sgiliau perfformio unigol mewn amser mor fyr."

"Chwe act yn unig fydd yna, felly'r unig ffordd y medrwn ni eich cynnwys chi i gyd ydi ichi rannu perfformiadau," meddai Mr Parri.

Nodiodd amryw o'r myfyrwyr hynaf, yn deall yn iawn. Ond yn sydyn, aeth ceg Erin yn sych. Dyma beth oedd pryder.

"Dan ni'n dau eisoes wedi rhoi'n pennau at ein gilydd i feddwl am hyn. Ond dowch inni'ch rhannu chi'n grwpiau i drafod sut medrwn ni'ch trefnu ar gyfer perfformio," meddai Mr Parri. "Cantorion i fan'ma. Cerddorion draw yn fan'cw. Iawn?"

Edrychai Dan yn ddigon hapus i fod efo cerddorion llawer hŷn nag o. Doedd fawr ddim yn cynhyrfu Dan gyhyd â'i fod yn cael chwarae'i ddrymiau ac roedd o wedi arfer perfformio efo pobl eraill, ond doedd Erin ddim yn teimlo hanner mor hyderus. Teimlai'n bryderus iawn wrth fynd draw at y cantorion eraill.

Yn sydyn, doedd bod yn Seren y Dyfodol ddim cystal â'r hyn roedd hi wedi'i ddisgwyl. Doedd o ddim wedi gwawrio ar Erin y gallasai hi orfod canu efo pobl eraill. Roedd hi wedi cymryd yn ganiataol fod cael ei dewis yn golygu perfformio orau gallai hi, ac i Erin golygai hynny ganu ar ei phen ei hun gyda chefndir o gerddoriaeth.

Sut yn y byd y medra i berfformio efo'r rhain?
meddyliodd Erin. *Maen nhw'n oedolion bron!*

Roedd hi'n sicr na fyddai ei thalent hi'n dod i'r
amlwg o gwbl yn eu hymyl nhw. *Dydi o ddim yn deg!*
meddyliodd yn ddigalon. *Fydd y bobl P&D ddim yn
sylwi arna i o gwbl. Doeddwn i ddim yn meddwl mai
peth fel hyn fyddai bod yn Seren y Dyfodol!*

Edrychodd Mr Parri i gyfeiriad Erin ac yna trodd
draw. Gwnaeth hynny iddi deimlo ar bigau'r drain.
Oedd o'n mynd i ddweud wrthi eu bod nhw wedi
gwneud camgymeriad ac na fyddai hi'n Seren y
Dyfodol o gwbl? Mewn un ffordd byddai hynny'n
rhyddhad mawr. Ond anghofiodd hynny'n fuan iawn.
Roedd pawb eisiau cyfle i fod yn Seren y Dyfodol,
ac wedi cael y cyfle roedd Erin yn benderfynol o
ddal ei gafael arno a gobeithio y byddai popeth yn
iawn erbyn y diwedd.

"Iawn!" meddai Huwcyn ap Siôn Ifan. "Dan ni
ddim eisio'ch cadw chi yma'n rhy hir. Gallwn roi
trefn ar y manylion yn nes ymlaen. Eisio i chi gael
rhyw syniad o sut dan ni'n bwriadu gwasgu un ar
bymtheg ohonoch chi i mewn i chwe act ydan ni."

Gwenodd ar y cerddorion. "Dwi'n sylweddoli fod gan bob un ohonoch chi ei steil ei hun," meddai. "Ac fe wnawn ni'n gorau i roi cyfle ichi ddangos eich cryfderau yn y cyngerdd, ond mae'n rhaid i bawb gyfaddawdu rhywfaint. Yn ffodus mae gynnon ni ddau ddrymiwr a felly dwi'n meddwl y gallwn ni ffurfio dau fand. Mae gen i syniad beth fyddai'n gweithio'n dda, ond beth am ichi drafod ymysg eich gilydd i weld fedrwch chi gael ateb sy'n plesio pawb?"

"Ie, os gwelwch yn dda," cytunodd un o'r bechgyn hynaf. Gwyddai Erin mai gitarydd ydoedd. Edrychodd ar ei gyd-gerddorion a nodiodd pawb.

"Iawn!" meddai Huwcyn.

Yna, trodd Huwcyn at y cantorion. "Dach chi'n dipyn bach mwy o broblem," meddai. "Gan fod Mr Parri yn dweud wrtha i mai unawdwyr dach chi i gyd."

"Dwi'n fodlon canu efo Rob," cynigodd un o'r genethod ar ei hunion.

"A finnau efo ti," cytunodd Rob.

Edrychodd Huwcyn yn fodlon.

"Diolch," meddai.

"Os ydi un o'r bandiau eisio lleisiwr baswn i wrth fy modd yn canu efo nhw," meddai'r bachgen arall.

"Iawn! Ty'd draw aton ni!" bloeddiodd un o'r gitarwyr a chwarddodd pawb.

"Ardderchog!" ymunodd Huwcyn â'r chwerthin. "Myfyrwyr blwyddyn olaf dach chi, ynte?" meddai wrth amryw o'r lleill. "Mae Mr Parri a fi'n cytuno y dylech chi gael lle i ganu ar eich pennau'ch hunain efo'r traciau cefndir dach chi wedi arfer efo nhw."

Dwy eneth hŷn ac Erin oedd ar ôl. Poenai Erin fwy a mwy bob munud am ei pherfformiad hi.

"Iawn," meddai Mr Parri. "Mae'r darnau'n disgyn i'w lle'n ardderchog. Rŵan, chi'ch tair ..." Edrychodd arnyn nhw'n feddylgar. "Dwi ddim yn meddwl y byddech chi'n driawd da," meddai. "Mae llais Erin mor wahanol. Fyddai pethau ddim yn gweithio." Edrychai'n bryderus braidd. "Be sy gynnon ni erbyn hyn?" gofynnodd i'r athro arall.

"Dau fand," meddai Huwcyn, yn edrych ar ei restr. "Dau unawd yn ogystal â deuawd Rob ac Ayesha. Dyna bump allan o'r chwech mae arnon ni eu hangen."

"Hmm," meddai Mr Parri, tra oedd Erin yn dal ei gwynt. Petaen nhw ond yn gadael iddi hi ganu unawd. Ond beth fyddai'r ddwy eneth arall yn ei wneud wedyn? Ac roedd Mr Parri newydd ddweud na fydden nhw ddim yn gwneud triawd da. Roedd trio ffitio pawb i mewn i gyn lleied o berfformiadau yn dechrau troi'n hunllef.

"Wn i," meddai Huwcyn ap Siôn Ifan o'r diwedd. Edrychodd Erin a'r lleill arno'n obeithiol. "Mae gynnon ni leisiwr ar gyfer un band, ond nid ar gyfer y llall. Beth am adael i Erin ganu efo'r ail fand?" awgrymodd. "Mae ei llais hi'n hen ddigon cryf. Yna fe gewch chi'ch dwy ganu deuawd. Fyddai hynny'n eich siwtio chi, dach chi'n meddwl?"

Roedd hyn yn amlwg yn plesio'r ddwy eneth arall a Mr Parri hefyd.

"Syniad da," meddai Mr Parri.

Ddywedodd Erin yr un gair o'i phen, ond tu mewn roedd hi'n sgrechian, *Be amdana i? Be sy'n fy siwtio i?* Doedd Erin erioed wedi bod yn ganwr mewn band o'r blaen. Doedd bosib mai dyma'r adeg i roi cynnig ar rywbeth mor wahanol? Edrychodd draw ar y cerddorion a theimlo'n fwy pryderus fyth. Cerddorion roc oedd y rhan fwyaf ohonyn nhw. Cantores bop oedd hi ac wedi arfer canu i gefndir traciau ysgafn, bywiog. Sut yn y byd mawr y medrai hi ymgodymu efo unawdau gitâr trwm a drymiau a symbalau byddarol?

Hon oedd ei munud fawr − i fod; ond byddai'n rhaid iddi hi berfformio mewn ffordd hollol ddieithr iddi. *Nid* fel hyn roedd pethau i fod.

Na! Roedd Erin eisiau sgrechian mewn protest. *Fedra i ddim. Wn i ddim sut i 'neud! Dydi o ddim yn deg!* Ond ddywedodd hi ddim byd. Doedd hi ddim haws. Roedd popeth wedi'i benderfynu. Hi oedd y gantores ieuengaf, felly roedd yn rhaid i'r rhai hŷn gael y dewis cyntaf. Gwnaeth Erin ei gorau glas i deimlo'n falch dros bawb. Ond wir, allai hi ddim.

Edrychodd draw at Dan a dal ei lygaid. Doedd o ddim yn edrych mor hapus ag roedd o rai munudau ynghynt. Mae'n debyg ei fod yn poeni ynghylch sut y byddai hi'n dod i ben â chanu mewn band roc.

"Well i chi fynd i'ch gwersi rŵan," meddai Huwcyn. "Ond gwnewch eich gorau i ddod at eich gilydd gyda'ch cyd-artistiaid gynted â phosib i drafod eich perfformiad. Cewch bob help posib, ac wrth gwrs, chi gaiff flaenoriaeth i ddefnyddio'r ystafelloedd ymarfer. Ffwrdd â chi, felly. Pob hwyl ichi i gyd!"

Fel roedd Erin yn mynd at y drws, cydiodd un o'r gitarwyr yn ei braich. Zil Gibson oedd o. Gwyddai fod Dan wedi bod yn awyddus i weithio efo fo ond doedd Erin erioed wedi meddwl y byddai hi'n gorfod gwneud. "Haia," meddai. "Rwyt ti efo ni, on'd wyt ti? Dan ni'n cael cyfarfod band amser cinio yn y llyfrgell. Ydi hynna'n dy siwtio di?"

Nodiodd Erin yn fud.

"Iawn," meddai Zil. "Paid â bod yn hwyr, na wnei? Ty'd yn syth ar ôl y wers olaf cyn cinio. Mae gynnon ni dipyn o waith trafod."

"Oes," meddai Erin, ei thu mewn yn crynu i gyd.

Allai hi ddim osgoi cerdded i'r wers Saesneg efo Dan gan eu bod yn cael gwersi efo'i gilydd, ond doedd arni hi ddim wir eisiau siarad.

"Wyt ti'n iawn?" gofynnodd.

Edrychodd Erin arno'n ddigalon. "Nac ydw, a

dweud y gwir," cyfaddefodd. "Mae'n iawn arnat ti," aeth ymlaen. "Rwyt ti 'di arfer chwarae efo pobl eraill. Byddi di'n iawn. Ond fydda i ddim. Ro'n i'n meddwl y byddai'n wych bod yn Seren y Dyfodol, ond dydi o'n ddim byd tebyg i be ro'n i'n meddwl fyddai o. Sut alla i ddysgu canu roc mewn band? *Unawdydd* ydw i. Canu pop, nid roc, ydw i bob amser."

"Byddi di'n iawn," cysurodd Dan hi. "Mae Huwcyn yn meddwl y gelli di 'neud, yn tydi? Fedar o ddim bod mor anodd â hynny."

"Nid Huwcyn ydi f'athro canu i, nage?" meddai Erin yn bigog. "A drymiwr wyt ti, felly be wyddost ti?" Swniai'n flin am ei bod gymaint o ofn crio. "Fe ddyliwn fod wedi meddwl na fyddet ti'n deall." Brysiodd draw oddi wrtho rhag i'r dagrau ddechrau llifo i lawr ei hwyneb.

Pan gyrhaeddodd y dosbarth roedd y wers wedi dechrau, felly doedd dim rhaid iddi ddweud yr hanes wrth y lleill.

Ond ar y ffordd i'r wers nesaf, roedd Fflur a Ffion eisiau gwybod sut roedd pethau wedi mynd yn y cyfarfod. Gwyliodd Erin beth roedd hi'n ei ddweud. Roedd hi'n ceisio bod yn obeithiol, ond doedd hynny ddim yn hawdd.

"Dwi'n siŵr dy fod ti wedi gwirioni," meddai Fflur. "Mae'n wych bod yn Seren y Dyfodol!"

"Y-y-ydi," cytunodd Erin. "Ond dwi dipyn bach ar bigau hefyd. Mae 'na gymaint o bethau i feddwl amdanyn nhw."

"Wn i ddim sut wyt ti hyd yn oed yn *meddwl* am ganu efo'r hogiau," meddai Llywela yn ddeifiol pan glywodd beth benderfynwyd. "Nid *rociwr* wyt ti!" Chwaraeai Llywela gitâr fas a'i dadl yn aml oedd nad oedd pop yn yr un cae â roc. "Dydi'r dillad iawn hyd yn oed ddim gen ti," ychwanegodd gan chwerthin.

"Paid â bod yn gymaint o hen sguthan," dwrdiodd Ffion. "Paid â gwrando ar Llywela, Erin. Chwerw ydi hi. Bydd canu roc yn newid braf iti ac yn hwyl! Mae'r rhan galetaf drosodd rŵan dy fod ti'n cael y cyfle. Y cyfan sy'n rhaid i ti ei 'neud ydi canu!"

Ymdrechodd Erin i wenu arni. Roedd hi eisiau

tipyn o amser ar ei phen ei hun efo Ffion er mwyn cael rhannu'i gwir deimladau efo'i ffrind, ond byddai'n rhaid iddi aros tan yn hwyrach yn y dydd am hynny.

Tawelodd Erin ychydig fel roedd y bore'n mynd ymlaen. Roedd hi'n difaru bod mor bigog efo Dan. Dim ond trio helpu oedd o. Ac er nad oedd Huwcyn yn ei dysgu i ganu, roedd ganddo yntau brofiad helaeth yn y diwydiant cerddoriaeth. Beth bynnag, byddai Mr Parri wedi ymyrryd petai'n meddwl nad oedd hi'n tebol o ganu efo band, yn byddai? *Fo* oedd ei hathro canu ac roedd o yno pan oedden nhw'n trafod.

Efallai ei bod hi wedi gorymateb, ond doedd hi ddim yn hapus chwaith. Doedd hi ddim eisiau canu mewn band. Doedd hi ddim eisiau'r cyfrifoldeb. Roedd hi'n hapusach ar ei phen ei hun. Beth bynnag, penderfynodd fod yn rhaid iddi wneud ei gorau os mai fel hyn roedd pethau i fod.

Erbyn diwedd y bore, ar ei ffordd i'r cyfarfod, meddyliai Erin yn galed. *Bydd y profiad yn sialens,* meddai wrthi'i hun, yn edrych ar yr ochr orau. *A wna i ddim gadael iddo fy nhrechu i. Ella y bydd o hyd yn oed yn hwyl!*

3. Trychineb

Pan ddaeth Erin, Dan a'r lleill at ei gilydd yn y llyfrgell amser cinio, cydiodd Zil Gibson yn yr awenau. "Dowch inni weld allwn ni wneud un neu ddau o benderfyniadau yn syth," meddai. Yna gofynnodd, "Pa fath o ganeuon wyt ti'n hoffi'u canu, Erin?"

"Caneuon pop dwi'n ganu bob amser," meddai hi wrtho.

Tynnodd Zil stumiau ac edrychodd draw ar weddill y band. Doedd dim golwg fodlon ar 'run ohonyn nhw chwaith. Edrychai Dan bron mor boenus ag y teimlai Erin. Ymdrechai i beidio dal ei llygaid.

Ysgydwodd Zil ei ben. "Band roc ydan ni. Fedrwn ni ddim cael canwr *pop* yn canu efo ni. Byddai dy ganeuon di'n llawer rhy ysgafn i ni. Byddai'n swnio'n ddychrynllyd."

"Ond –" meddai Erin.

"Ddylet ti fod yn canu i gefndir un trac, nid yn perfformio efo ni," meddai Zil wrthi.

"Wn i hynny," cytunodd Erin yn ddigalon. "Dyna be o'n i'n feddwl fyddwn i'n 'neud. Ond nid fy mai i ydi o. Wnes i ddim gofyn am gael rhannu act efo band roc." Suddodd ei chalon. Yn amlwg bu'n gamgymeriad mawr i feddwl am eiliad y gallasai hyn fod yn hwyl.

"Mae hi'n dweud y gwir," cytunodd Dan, ac edrychodd Erin yn ddiolchgar arno. "Felly, beth am 'neud y gorau o'r gwaethaf?" aeth ymlaen. "Ydi o'n bosib inni gyfaddawdu rywsut?"

"Ond fyddai neb yn cael perfformio'u hoff fath o fiwsig felly," protestiodd Len Parsons, y gitarydd rhythm.

"Yn hollol," cytunodd Zil. "Dan ni ddim eisio chwarae pop. Gwranda, Erin. Ni sy yn y mwyafrif. Mae arna i ofn nad oes gen ti ddim dewis. Bydd raid i ti 'neud y gorau o'r gwaethaf."

"Ym …" meddai Dan yn gyflym, "Dwi'n meddwl fod gen i syniad."

Roedd Erin bron yn ei dagrau. Edrychodd ar ei ffrind yn bryderus, yn awyddus i gael unrhyw help allai gynnig.

"Glywais i ti'n dweud dy fod yn gweithio ar un o ganeuon tad Charlie Owen?" gofynnodd Dan i Erin.

Nodiodd hithau. "Do. Mae hi ar eu halbwm diweddaraf. Ond dwi wedi bod yn ei thrin hi'n wahanol iawn."

"Dyna welliant," meddai Zil, dipyn bach yn fwy brwdfrydig. "Pa gân ydi hi?"

"Ond dwi'n ei chanu hi fel baled ysgafn," protestiodd Erin. "Mae Mr Parri wedi newid yr amseriad a phopeth. Allwn i byth ei chanu hi fel anthem roc."

"Wel, rwyt ti'n gwybod y geiriau!" meddai Jeff Crocker, basydd y band. "Mae'n gychwyn beth bynnag. Ac os wyt ti'n hoffi'r gân, fedri di ddim bod yn casáu roc â chas perffaith."

"Dwi ddim," meddai Erin. "Ond dwi ddim yn hoffi'r syniad o ganu'r gân fel yna."

"Fedar pawb ddod i ymarfer ar ôl te?" meddai Zil, yn anwybyddu geiriau olaf Erin. "Mae'n rhaid inni

llawr ac aeth at y meicroffon. Tra oedd hi'n ffidlan i gael y stand i'w siwtio hi, chwaraeodd y bechgyn ambell riff. Wrth sefyll yng nghanol yr holl ampiau a'r ceblau, teimlai'r ias o gyffro oedd yn cyd-fynd â cherddoriaeth drydanol, ond codai ofn arni hefyd. Roedd hi wedi arfer canu mewn gofod mawr clir, ond yma roedd ceblau gitâr dan draed ym mhobman a drymiau Dan yn union tu cefn iddi. O gil ei llygaid gwelai wddw gitâr Zil yn symud o gwmpas wrth iddo chwarae. Byddai'n amhosib iddi ganolbwyntio ar ganu efo hwnnw'n tynnu'i sylw.

"Iawn. Rown ni gynnig ar dy gân di, felly," meddai Zil. "Does 'run ohonon ni wedi ei chwarae hi'n iawn o'r blaen, felly paid â disgwyl perffeithrwydd."

Nid fy nghân i ydi hi, meddyliodd Erin yn ddig. *Peidiwch â gweld bai arna i os na fedrwch chi ei chwarae hi. Nid fi ddewisodd hi, nage?*

Ond doedd dim amser i ddadlau. Nodiodd Zil ar Dan i gyfri. Un! Dau! Tri! Ac i ffwrdd â nhw.

Gosododd Dan amseriad cyflym ac roedd yn rhaid i bawb sgrialu i gadw efo fo. Arafodd rywfaint ar ôl y bariau cyntaf, ond roedd yr amseriad yn gyflymach o lawer nag roedd Erin wedi arfer ei chanu o hyd. Roedd hi'n gwybod y geiriau yn berffaith. ond fedrai hi ddim rhoi unrhyw fath o deimlad yn ei llais. Y cyfan oedd hi'n ei wneud oedd gwthio'r geiriau allan.

Ar ddiwedd y gân, bu tawelwch mawr. "Wel, mae'n gychwyn, am wn i," meddai Zil yn anfodlon gan dynnu'r lîd o'r gitâr. "Mae'n rhaid i mi fynd. 'Run amser fory?"

Nodiodd pawb ac aeth Erin i nôl ei bag. Fel roedd hi'n anelu at y drws, clywodd Len yn siarad efo Dan.

"Ro'n i'n meddwl dy fod ti'n dweud fod ganddi hi lais aruthrol," meddai.

Arhosodd Erin ddim i glywed ateb Dan. Gwthiodd y drws ar agor a rhedodd nerth ei thraed o'r ystafell ymarfer. Sut yn y byd mawr y byddai hi'n byw drwy'r wythnosau nesaf? Ei breuddwyd hi ers hydoedd oedd cael bod yn un o Sêr y Dyfodol. Ond roedd y breuddwyd wedi troi'n hunllef erchyll.

* * *

Wnaeth Zil ddim edrych ar Erin. "Peidiwch â phoeni," meddai wrth y bechgyn. "Bydd popeth yn iawn. Dwi'n siŵr y daw popeth yn iawn yn y pen draw. Ond os methwn ni, bydd raid perfformio gydag offerynnau yn unig."

Edrychai Jeff a Len fel petai llwyth wedi llithro oddi ar eu hysgwyddau, ond dychrynnodd Erin am ei hoedl. *Perfformio heb ganwr? Byth bythoedd!* Roedd yn *rhaid* i bethau ddod yn iawn neu fyddai hi ddim yn cymryd rhan yng nghyngerdd Sêr y Dyfodol! Gwyddai Erin na fyddai'r athrawon yn gadael iddi beryglu cyfle'r lleill. Roedd yn amhosib iddi ymuno ag act arall. Os na lwyddai i wneud i hyn weithio, byddai'n colli'r cyfle i berfformio ar y teledu.

Aeth Erin i'w gwers ganu y diwrnod hwnnw â'i chalon yn ei sodlau, ond doedd Mr Parri ddim fel petai'n cynhyrfu pan soniodd hi am y sefyllfa wrtho.

"Cofia mor benderfynol oeddet ti o gael lle yn yr ysgol yma," meddai. "Wnest ti ddim rhoi'r ffidil yn y to er bod popeth yn d'erbyn di. Paid ag anobeithio'r tro yma chwaith, Erin. Dwi'n berffaith sicr fod hyn o fewn dy gyrraedd di. Hen dro eich bod chi wedi dewis cân wyt ti wedi'i dysgu fel baled."

"Nid fi ddewisodd hi," meddai Erin wrtho. "Soniodd Dan 'mod i wedi bod yn ei dysgu hi a phenderfynodd pawb mai dyna fyddai orau. Allwn i ddim awgrymu dim byd arall. Wyddwn i ddim be oedd eu hoff ganeuon nhw."

"Hen dro," meddai Mr Parri yn llawn cydymdeimlad. "Efallai y byddai pethau'n haws petaen nhw wedi dewis cân hollol newydd iti. Ond bydd raid iti ddal ati. Mi ddaw popeth yn iawn 'sti. Wn i fod yn well gen ti ganu pop, ond mae dy lais di'n addas iawn ar gyfer roc hefyd. Byddi'n gyw roc gwych unwaith y bydd y llais aruthrol yna sydd gen ti'n cael gafael arni!" Gwenodd yn garedig ac ymdrechodd hithau i wenu'n ôl, ond allai hi ddim.

"Y ffaith 'mod i eisio canu'r gân fel baled ydi rhan o'r drafferth," cytunodd. "Well gen i'ch trefniant chi o lawer. Ond mae'n waeth na hynny mae arna i ofn," cyfaddefodd. "Wn i ble rydw i wrth ganu i'r trac cefndir dach chi wedi ei wneud ar yr allweddell. Dwi'n nabod pob nodyn gan bob offeryn dach chi wedi'i roi yno tu wyneb allan. Mae fy llais i'n gwneud

"Y broblem efo'r cyngerdd yma ydi fod yn rhaid inni wasgu cymaint o fyfyrwyr i mewn," meddai Mr Parri. "Fel arfer dydi'r canwyr ddim yn broblem gan y gallwn ni gael amryw yn perfformio'r un gân, pawb yn canu pennill bob un. Ond mae dy lais di mor gryf ac mor wahanol, allwn ni ddim gwneud hynny efo ti, ac ar yr un pryd roedd yn rhaid inni adael i'r rhai hynaf gael y cyfle i ganu unawd. Os wyt ti'n meddwl na fedri di ddim dal ati i ganu efo'r band, does dim cywilydd mewn dweud hynny'r tro yma." Gwelodd yn syth ei bod hi'n arswydo efo'r fath syniad. "Gei di gyfle arall i fod yn Seren y Dyfodol," sicrhaodd hi. "Dwi'n berffaith sicr o hynny. Nid dyma'r unig gyfle gei di."

Ysgydwodd Erin ei phen yn wyllt. "Ond *dwi eisio* ei 'neud o'r tro yma," meddai wrtho. "Fedra i ddim rhoi'r gorau iddi rŵan!"

"Er nad canu roc ydi dy gariad cyntaf di ac nad wyt ti'n hapus fel aelod o fand?"

Daeth edrychiad styfnig dros wyneb Erin. "Canu ydi o'r un fath," atebodd yn ffyrnig ac yn benderfynol. "*Ddylwn* i allu gwneud hyn."

Yna, yn sydyn, aeth i deimlo'n ddiymadferth ac yn llipa iawn, y gwynt wedi diflannu o'i hwyliau. Beth petai hi'n methu codi'r gân yma i'r uchelfannau? Beth petai hi byth yn teimlo'n gyfforddus yn perfformio efo'r lleill? Byddai'n siomi'r bechgyn ac fe fyddai hynny'n ofnadwy.

"Ro i gynnig arall arni am ddiwrnod neu ddau," meddai hi wrth Mr Parri. "Ond dwi'm eisio difetha pethau i'r band. Os na fedra i gael pethau'n iawn, bydd … bydd raid i mi roi'r gorau iddi." Bron iddi ddechrau crio wrth ddweud hynny, ond gwyddai mai dyna'r penderfyniad iawn. Fedrai hi ddim difetha awr fawr y bechgyn.

"Penderfyniad dewr iawn, Erin," cyhoeddodd Mr Parri. "Ond dwi ddim yn meddwl y daw hi i hynny. Wyddost ti be? Dwi'n meddwl y byddai popeth yn iawn petaet ti'n gallu ymlacio efo'r band."

"Ella wir," meddai Erin yn ddigalon. "Wna i 'ngorau."

"Dyna'r agwedd iawn," cytunodd Mr Parri. "Gwranda rŵan am funud bach. Mae gen i syniad."

"Be?" gofynnodd Erin, yn meddwl y byddai'n

Ond cofia mai'r peth pwysica ydi dy fod ti'n mwynhau cwmni dy fand *di*, yn ogystal â gweld y band enwog."

"Wna i," addawodd Erin.

4. Noson i'w Chofio

"Dydi o ddim yn deg," cwynodd Llywela y noson wedyn fel roedd Erin paratoi i fynd allan gyda gweddill y band. "'Swn i wrth fy modd yn cael cyfarfod fy hoff chwaraewr bas ac yn ei weld yn chwarae. Wnei di ddim gwerthfawrogi'r tocyn."

"Gwnaf, gobeithio," meddai Erin, yn rhoi'i jîns gorau amdani ac yn brwshio'i gwallt. "Mae'n ddrwg gen i na chei di ddim dod, ond roedd Mr Parri yn meddwl ei fod yn syniad da i mi fynd yno."

"Hy!" meddai Llywela, yn edrych yn bwdlyd iawn o hyd.

Aeth Erin i mewn i'r bws mini efo'r bechgyn. Byddai wedi bod yn braf cael cwmni Ffion. Ond gan fod hynny'n amhosib, byddai wedi hoffi cael eistedd efo Dan, ond roedd o'n cael sgwrs ddifrifol efo Zil, felly eisteddodd Erin ar ei phen ei hun.

Mwynhau cwmni'r band wir! Ond doedd pethau ddim yn rhy ddrwg chwaith. Hoffai'r miwsig roedd Huwcyn wedi ei ddewis i chwarae yn y bws, a doedd y siwrnai ddim yn hir.

Wedi cyrraedd y stadiwm lle'r oedd y gig yn cael ei chynnal, arhosodd Erin a'r gweddill yn ddiamynedd tra oedd Huwcyn yn chwilio am le i barcio. Yna allan â nhw.

"Mae'n anferthol!" meddai Erin, yn rhythu ar yr adeilad o'u blaenau.

"Mae Dad wedi chwarae mewn llefydd mwy na hwhn," meddai Charlie wrthi. "Mae rhai llefydd yn America ddwywaith maint y lle yma."

Fedrai Erin ddim dychmygu lle lawer mwy na'r adeilad mawr yma.

"Un diwrnod byddwch chithau'n canu o flaen cynulleidfa yn llenwi stadiwm fel hon," meddai Huwcyn, yn chwilota yn ei bocedi am y tocynnau iddyn nhw gael mynd i gefn y llwyfan, ac yn eu rhannu. Hongiai'r tocynnau – darnau mawr petryal o blastig – ar gortyn gwyrdd hir, er mwyn iddyn nhw fedru'u gwisgo o gwmpas eu gyddfau. Wedi eu hargraffu arnyn nhw mewn llythrennau bras, du oedd y geiriau '**CEFN LLWYFAN**'. Wrth roi ei un hi dros ei phen, teimlai Erin yn bwysig iawn. Edrychodd draw ar Dan. Gwenodd y ddau. Dyna gyffrous oedd hyn i gyd.

Aeth Huwcyn â nhw at ddrws bychan yn yr ochr a rhoi cnoc arno. Agorwyd cil y drws ac edrychodd wyneb mewn ffrâm cagla rasta allan arnyn nhw. Pan welodd y dyn pwy oedd yno, agorodd y drws led y pen gan gydio yn yr athro a'i gofleidio'n dynn.

"Dda dy weld di, boi!" meddai'r dyn, yn camu'n ôl gan wenu'n braf. "Ble ti 'di bod gyhyd?" Yna gwelodd y myfyrwyr yn sefyll yn chwithig y tu allan. "Haia, Charlie," meddai gan wenu ar y lleill hefyd. "Dowch i mewn, bawb ohonoch chi. Glywson ni eich bod chi'n dod!"

"Dag ydi hwn, un o griw teithio Dad ydi o," eglurodd Charlie fel roedden nhw'n dilyn y dyn ar hyd coridor i ystafell wisgo'r band.

Cerddodd Erin a'r gweddill yn un rhes swil i mewn i'r ystafell. Roedd y lle'n sang-di-fang: dillad a gitarau, platiau, poteli a chaniau ym mhobman, yn union fel roedd Erin wedi dychmygu sut byddai pethau yng nghefn llwyfan.

Cododd dyn mawr ei law arnyn nhw. Gwyddai Erin mai Ab, y prif leisydd, oedd o. Roedd hi'n adnabod tad Charlie hefyd gan iddi ei weld yn dod i nôl Charlie i fynd adref o'r ysgol y tymor cynt. Gwyddai pwy oedd aelodau'r band i gyd gan eu bod mor enwog.

Lluchiodd Ab ddillad oddi ar gadeiriau yn bentwr ar y llawr i wneud lle i rai ohonyn nhw eistedd. Roedd Charlie uwchben ei ddigon, yn dangos ei hun ac yn gofalu fod pawb yn sylwi ei fod yn ffrindiau gyda'r sêr mawr yma er mwyn gwneud argraff ar ei ffrindiau. Ond doedd hynny'n golygu dim byd i Erin!

Yn fuan roedd Huwcyn yn sgwrsio efo'r prif gitarydd tra oedd Charlie a Dan yn trafod drymiau efo tad Charlie. Roedd Len, Jeff a Steffan, ffrind Charlie, yn siarad efo'r cerddorion eraill, ond teimlai Erin yn rhy swil i fynd atyn nhw. Syllodd ar bowlen fawr yn llawn mangos ar y bwrdd gwisgo. Roedd y cyffro cyntaf yn cilio'n gyflym a hithau'n dechrau meddwl tybed fyddai'n well petai hi wedi aros gartref.

"Wyt ti eisio un?"

Edrychodd Erin i fyny a gweld Ab fel mynydd mawr uwch ei phen. Gwenai, ond codai ychydig bach o ofn arni. Roedd o mor fawr ac enwog. Wyddai hi ddim beth i'w ddweud.

"Mango," meddai Ab wedyn. "Croeso iti gymryd un. Dwi'n cael un cyn canu bob amser. I iro fy nghorn gwddw. Aros funud." Cydiodd mewn amryw o'r ffrwythau a'u rhoi i ddyn a safai gerllaw. Wyddai Erin ddim pwy oedd o. "Wnei di wasgu rhain imi?" gofynnodd Ab. Nodiodd y dyn.

"Felly pa offeryn wyt ti'n chwarae?" ychwanegodd wrth Erin.

"Dim un," cyfaddefodd Erin. "Canwr ydw i, ond dwi ddim yn arfer—"

Torrodd Ab ar ei thraws. "A finnau!" meddai fel petai hi ddim wedi sylweddoli hynny. Cyfeiriodd draw at Huwcyn yn dal i siarad pymtheg y dwsin. "'Rhen Huwcyn a fi wedi gigio efo'n gilydd nes iddo benderfynu rhoi'r gorau iddi a mynd yn athro," eglurodd wrthi. "Cychwynais efo'r hogiau yma rai blynyddoedd yn ôl. Gynnoch chi athro ardderchog yn fan'na," ychwanegodd yn edmygus. "Mae o'n gwneud gwaith rhyfeddol efo pobl ifanc!"

"Ydi, mae o," cytunodd Erin.

"Roedd John Owen yn sôn am y cyngerdd 'ma dach chi'n 'neud ar y teli. Ei hogyn o, Charlie, ddim wedi cael ei ddewis y tro yma. Ond dy griw di wedi bod yn lwcus, ynte?"

Eglurodd Erin ynghylch cyngerdd Sêr y Dyfodol. Swniai Ab fel petai'n falch o glywed y bydden nhw'n canu un o ganeuon y band.

"Waw! Da iawn," meddai. "Gobeithio y cewch chi lwyddiant efo hi. Dwi wedi cael lot o sbort efo'r gân yna. Mae'n bosib gwneud cymaint efo hi."

"Ydi," meddai Erin yn amheus. Roedd yn hawdd siarad efo Ab ac roedd arni hi awydd mawr rhannu'i phroblemau ynglŷn â chanu yn y band gydag o, rhag ofn fod ganddo unrhyw awgrymiadau. Ond ar hynny daeth y dyn yn ôl gyda'r diodydd sudd mango a chollodd y cyfle.

Roedd hi bron yn bryd i'r cyngerdd ddechrau. Ar

ôl i bawb gael diod, aeth Huwcyn â'r criw o'r ystafell.

"Wela i chi ar y diwedd," galwodd tad Charlie fel roedden nhw'n mynd.

Roedd Erin a phawb wedi cael seddau gwirioneddol wych, bron yn y tu blaen. Pan edrychodd Erin dros ei hysgwydd, doedd hi ddim yn gweld y pen draw. Doliau bychan bach fyddai'r band i'r bobl yng nghefn y stadiwm. Ond roedd yno ddwy sgrin anferth yn dangos y llwyfan hefyd, fel y byddai'r rhai yn y cefn yn gweld beth fyddai'n digwydd yno.

Ffrwydrodd cymeradwyaeth fyddarol drwy'r lle pan ddaeth y band ar y llwyfan o'r diwedd. Aeth y gynulleidfa yn wyllt wallgo wrth glywed cordiau'r gân gyntaf. Bu'n rhaid i Erin roi ei dwylo dros ei chlustiau am ychydig funudau nes iddi ddod i arfer efo'r sŵn.

Ar y dechrau, am ei bod hi'n mwynhau'r awyrgylch gymaint, anghofiodd ei bod i fod i astudio techneg y band. Ond unwaith roedd hi wedi peidio syllu o'i hamgylch ar y goleuadau, cefndir y llwyfan a'r stadiwm anferth, dechreuodd sylwi ar y ffordd roedd aelodau'r band yn cysylltu â'i gilydd. Weithiau doedd yn fawr mwy na nod fechan gan y naill ar y llall. Byddai wedi colli hynny petai hi ddim mor agos at y llwyfan. Yna sylweddolodd fod rhywun wedi gwneud smonach mawr mewn un gân. Trodd y prif gitarydd at Ab a chwarddodd. Gwenodd Ab a chanu'r un llinell wedyn ac yna aeth y gân ymlaen fel petai dim wedi mynd o'i le. *Dyna* sut oedd dal ati ar ôl gwneud camgymeriad, sylweddolodd Erin.

Yn fuan iawn roedd Erin a'r criw wedi ymgolli'n llwyr yn y perfformiad gwefreiddiol. Anghofiodd Erin hyd yn oed ei bod hi'n adnabod y perfformwyr am ei bod hi'n canolbwyntio gymaint ar y synau a'r golygfeydd o flaen ei llygaid. Roedd yn gymaint gwell na gwylio cyngherddau ar y teledu. Roedd yr ynni yn byrlymu o'r llwyfan ac roedd y gynulleidfa'n ei fwydo ac yn ei gynyddu. Doedd hi erioed yn ei bywyd wedi teimlo gwefr debyg iddi o'r blaen. Sylweddolodd fod Mr Parri yn iawn. Pan oedd canwr a cherddorion yn asio'n iawn gyda'i gilydd, *roedd* y perfformiad yn ysgubol. Yn wirioneddol *ysgubol*. Petai hi a'r bechgyn yn gallu gwneud yr un fath â nhw ...

Ar ôl rhai caneuon, siaradodd Ab efo'r gynulleidfa. Roedd hynny'n rhoi cyfle i'r lleill gythru am ddiod. Gwelai Erin dad Charlie yn sychu'i ffyn a'i ddwylo ar liain cyn ymestyn am botel ddŵr. Yna cyfeiriodd Ab at ei ffrind da, Huwcyn ap Siôn Ifan, ac er syndod i Erin llithrodd sbotolau ei ffordd oddi ar y llwyfan i ganolbwyntio am funud ar Huwcyn yn eistedd wrth ei hochr. Cododd ei law yn glên a churodd pawb yn y gynulleidfa eu dwylo. Yn amlwg, roedd pawb yn gwybod yn iawn am Huwcyn ap Siôn Ifan.

Am eiliad, disgleiriodd y sbotolau ar Erin hefyd. Canolbwyntiodd y golau gwyn llachar ar un hanner o'i chorff tra oedd yr hanner arall yn aros yn dywyll. Ysai rhan o Erin i'r golau ddisgyn arni hi a neb arall. Gwnâi iddi ddyheu am gael perfformio ar ei phen ei hun i fyny yn y fan yna ar y llwyfan, ar dân am gael canu o flaen cynulleidfa mor fawr.

Dyna pa bryd y sylweddolodd hi rywbeth pwysig. Dyma beth oedd ar goll yn ei hymarferion hi efo band Sêr y Dyfodol. Dim ond hanner ohoni oedd yn awyddus i ymarfer. Roedd yr hanner arall ofn gorfod canu mewn ffordd annaturiol iddi hi. Ond doedd perfformio heb eich holl galon yn dda i ddim. Roedd yn rhaid ichi fynd ati nerth gewyn ac asgwrn, â'ch holl galon ac â'ch holl nerth, neu beidio gwneud o gwbl. Oedd, roedd hi wedi bod yn gweithio'n galed ar y gân, ond gan nad oedd hi'n ymddiried yn llawn yn y lleill, fedrai hi ddim ymlacio'n llwyr i'r gerddoriaeth ac felly doedd hi ddim wir yn ei deimlo. Gallai canu miwsig roc fod mor gyffrous. Gwelai hynny'n glir, yn arbennig yn y gân roedd y band yn ei pherfformio ar y funud. Doedd hi erioed wedi ei chlywed o'r blaen, ond gallai ddychmygu'i hun i fyny'n fan'na ar y llwyfan yn gwneud cyfiawnder â'r gân *hon*. Petai hi ond yn gallu gwneud hynny efo'r gân roedden nhw wedi'i dewis!

Penderfynodd Erin fod yn ddewr. Byddai'n gwneud ei gorau glas. Doedd ganddi ddim byd i'w golli. Byddai'n gwneud ei hun yn aelod *go iawn* o'r band, nid cantores gyndyn oedd ddim yn ffitio i mewn. Ac os gwnâi hi gamgymeriadau – beth oedd ots? Doedd y lleill ddim yn poeni pan oedden nhw'n gwneud camgymeriadau. Roedden nhw'n dal ati ac yn gwneud yn well y tro nesaf. Roedd yn rhaid iddi hithau ddod o hyd i'r un hyder ac ymddiried y byddai popeth yn troi allan yn iawn – dim ond iddyn nhw ddal ati i weithio arni.

Dwi'n mynd i lwyddo, meddai wrthi'i hun. *Llwyddo go iawn!*

5. Gwelliant

Ar ôl y perfformiad, roedd cefn y llwyfan yn berwi o bobl yn gweiddi siarad yn uchel ac yn llawn cyffro. Gydag anhawster, llwyddodd Huwcyn i gael Erin a'r bechgyn drwy'r dyrfa i'r ystafell newid. Roedd hi bron mor lloerig yno ag yn y coridor. Roedd Huwcyn wedi addo trosglwyddo Charlie a'i ffrind Steff i ofal tad Charlie er mwyn i'r bechgyn fynd yn y bws efo'r band i gartref Charlie yng Nghaerdydd dros y penwythnos.

"Roeddech chi'n anhygoel!" meddai Erin wrth Ab pan sylweddolodd ei bod yn sefyll wrth ei ochr.

"Diolch yn fawr!" meddai, ei lygaid yn pefrio. "Dwi'n falch dy fod ti wedi'i fwynhau o," ychwanegodd. "Gobeithio y bydd dy gyngerdd dithau'n mynd yn dda hefyd. Wna i 'ngorau i'w weld o ar y teli os alla i. Cofia ymlacio a mynd i ysbryd y darn! Bydd popeth yn iawn wedyn. Iawn, Dag!" bloeddiodd dros ei phen. "Dwi'n dod!"

Erbyn i'r myfyrwyr fynd allan i'r bws mini, llifai pobl allan o'r stadiwm.

Roedd y pedwar bachgen oedd ar ôl wrthi'n siarad pymtheg y dwsin gyda'i gilydd a bu bron i Erin eistedd i lawr yn lle'r oedd hi ar y siwrnai yno, ond doedd hi ddim eisiau bod ar ei phen ei hun y tro yma.

Cyn colli'i phlwc, ymunodd â'r bechgyn. Roedd yn anodd torri ar draws tra oedd y bechgyn yn dal yn llawn cyffro'r cyngerdd. Gwenodd Dan yn gyfeillgar arni, ond roedd y lleill yn rhy brysur yn trafod y cyngerdd i sylwi arni.

"Y riff yn y gân olaf yna!" meddai Zil. "Roedd hi'n anhygoel!"

"Drymiwr dipyn bach yn well na chdi, Dan!" pryfociodd Jeff.

Gwenodd Dan. "Oedd, mymryn bach, ella," cytunodd. "Hei, Erin, be oeddet *ti'n* feddwl o bopeth?"

Yn sydyn, dyna lle'r oedden nhw i gyd yn aros i

glywed beth oedd ganddi hi i'w ddweud ac Erin yn meddwl o ddifri tybed oedd hi wedi gwneud peth call yn mynd atyn nhw. O'r diwedd, dywedodd wrthyn nhw'n blwmp ac yn blaen yn union beth oedd hi'n ei feddwl.

"Wel," meddai. "Wnes i ei fwynhau lawer mwy nag roeddwn i'n meddwl baswn i. Maen nhw'n andros o fand. Ab yn arbennig."

"A?" meddai Zil.

"A ro'n i'n hoffi'r gân yna tua'r diwedd yn ofnadwy," aeth ymlaen yn swil, a'r ffaith fod Zil fel petai wir eisiau gwybod beth oedd hi'n ei feddwl yn gwneud iddi deimlo'n ddewr. "*Mellt yr Haf* oedd ei henw hi, dwi'n meddwl."

"O, ie!" cytunodd Len. "Cân wych!"

Dechreuodd Dan guro cyflwyniad trwm y gân. Gwnaeth Jeff sŵn y bas. Yn wên i gyd, ymunodd Zil a Len ar eu gitarau dychmygol, cwyno isel Len yn dilyn arweiniad Zil. Petai hwn yn fand go iawn, dyma'r adeg i Ab ddod i mewn i udo'r geiriau.

Ymlacio a mynd i ysbryd y darn, dyna roedd o wedi'i ddweud wrthi ac am y tro cyntaf, teimlai Erin fel gwneud hynny. Bu'n noson mor fendigedig, ac roedd pawb yn hapus. Os na fyddai'n cyd-dynnu efo'r band heno, wnâi hi byth.

Fel roedd Erin yn canu'r llinell gynta, petrusodd Zil a'r gweddill mewn syndod. Ond cadwodd Dan y curiad ymlaen, yn taro'i ddwylo ar ei jîns, cefn y sedd, unrhyw le oedd ar gael.

Daeth y lleill dros eu syndod ac erbyn iddyn nhw gyrraedd y cytgan roedden nhw mewn cytgord llwyr. Gadawodd Zil ei gitâr ddychmygol i ganu'r gytgan ddwy linell gydag Erin cyn mynd yn ôl i ddal ati.

Bloeddiodd Erin weddill y gân, gan ganu'r nodau yn unig pan oedd hi ddim yn cofio'r geiriau. Erbyn y diwedd roedd hi wedi colli'i gwynt, ond roedd un olwg ar wynebau'r bechgyn yn dweud wrthi eu bod nhw yr un mor falch â hithau. Dyrnodd Dan guriad cân arall ac i ffwrdd â nhw drachefn.

Erbyn i'r bws mini gyrraedd yn ôl i Blas Dolwen, teimlai Erin yn hapusach nag yr oedd hi wedi teimlo ers talwm iawn. Teimlai fel petai o'r diwedd wedi llwyddo i gyd-dynnu â'r band. Gwahaniaeth oedran?

Gallu? Chwaeth gerddorol? Doedd dim ots. Roedd *pawb* wedi mwynhau'r cyngerdd.

Roedd gwynt yr haf yn gynnes o hyd er ei bod yn hwyr iawn. Gyrrodd Huwcyn y bws yn union at ddrws tŷ'r merched, ond oedodd Erin cyn mynd i lawr.

"Y gân yna," meddai hi wrth y bechgyn. "Yr un ganon ni gynta heno. Gawn ni roi cynnig iawn arni hi fory?"

"*Mellt yr Haf?*" gofynnodd Zil. "Fasa'n well gen ti ei chanu hi na'r un ti'n wybod?"

Nodiodd Erin. "Dwi'n sylweddoli fod amser yn fyr, ond dwi'n meddwl y gallen ni osod ein stamp ein hunain arni hi. Ro'n i'n teimlo …" gwridodd yn anghyfforddus, "fel petawn i'n cael … ysbrydoliaeth … dach chi'n deall?"

Nodiodd Dan. "Ydw," meddai. "Dwi'n deall. Wel, dydi'n offerynnau ni ddim gynnon ni, ond mae Erin yn iawn. Dwi'n meddwl y medren ni wneud pethau gwych efo'r gân yna. Nid fersiwn syml o'u cân nhw chwaith. Mae llais Erin yn wahanol iawn i lais Ab."

"Ti'n llygad dy le, boi!" chwarddodd Zil.

"Mae gen ti lais *aruthrol*," meddai Jeff. "Yn arbennig pan oeddet ti'n llithro dros y geiriau yna."

"Do'n i ddim yn eu cofio nhw, dyna pam!" cyfaddefodd Erin.

"Wel, roedd o'n dal yn aruthrol," mynnodd Jeff. "Byddai'n wych 'taset ti'n gwneud hynna yn y cyngerdd."

"Hei, oes gobaith i chi aros tan y bore i gynnal eich cyfarfod band?" cwynodd Huwcyn ap Siôn Ifan gyda gwên gam. "Mae'n hwyr iawn a dwi eisio mynd adre!"

"Mae'n ddrwg gen i!" meddai Erin a neidiodd oddi ar y bws er mwyn iddo gael mynd â'r bechgyn i'w tŷ. Pan drodd i ddweud nos da, gwenodd Huwcyn arni ac agor ei ffenest.

"Dwi'n meddwl fod heno wedi bod yn llwyddiant mewn mwy nag un ffordd," meddai.

"Dw innau'n meddwl hynny hefyd," cytunodd hithau. "Diolch yn fawr iawn ichi am fynd â ni am drip mor fendigedig."

Sleifiodd Erin ar flaenau'i thraed i fyny'r grisiau ac i'w hystafell. Roedd y golau wedi diffodd ac roedd hi'n meddwl fod pawb yn cysgu, ond fel roedd hi'n mynd i'w gwely, cododd Fflur ar ei heistedd.

"Gest ti hwyl?"

"Do," meddai Erin. "Ffantastig!"

Yn fuan roedd y golau ymlaen a'r genethod i gyd yn gwrando ar hanes Erin yn y cyngerdd.

"Oedd y basydd yn chwarae'i hen *Fender Precision*?" gofynnodd Llywela.

"Ym … wn i ddim," cyfaddefodd Erin. "Mae'n ddrwg gen i. Gitâr goch oedd hi. Dyna'r unig beth dwi'n gofio."

"Hy!" wfftiodd Llywela. "Fel'na mae cantorion. *Byth* yn sylwi ar offerynnau."

"Dach chi'n gwybod be oedd y rhan orau un o'r holl noson?" aeth Erin ymlaen, yn anwybyddu sylw Llywela. "Wrth ddod yn ôl ar y bws roedden ni i gyd yn canu aballu a phawb yn ffrindiau. Roeddwn i wedi ymlacio'n llwyr efo'r hogiau am y tro cyntaf erioed. Roedd yn wych! Dan ni'n mynd i drio cân arall fory a dwi'n meddwl y gallai weithio'n dda!"

"O! Dwi mor falch!" meddai Fflur. "Dwi'n gw'bod dy fod ti wedi bod yn poeni'n ofnadwy am y cyngerdd. Ella y byddi di'n iawn rŵan."

"Paid ag ymlacio gormod rhag iti wneud camgymeriadau," rhybuddiodd Llywela. Roedd hynny fel lluchio bwcedaid o ddŵr oer dros ben Erin.

"Dydi hynna'n fawr o help," cwynodd Fflur. "Ac Erin yn dechrau teimlo dipyn bach yn well."

"Wel, dwi'n *meddwl* 'mod i, ond mae arna i angen hynny o help ga i o hyd," meddai Erin. "Felly, Llywela, be wyt *ti* yn feddwl ydi'r ateb? Sut mae asio efo nhw? Ddylet ti wybod. Rwyt ti'n chwarae mewn band."

Sniffiodd Llywela. "Nid ymlacio ydi o. Nid i gyd, beth bynnag," meddai hi. "Mae'n rhan ohono, ydi, ond ymddiried ydi'r peth pwysicaf. Mae'n rhaid iti ymddiried fod pawb arall efo chdi ac y gwnan nhw dy gefnogi di beth bynnag fydd yn digwydd. Felly rwyt ti'n rhydd i berfformio dy orau wedyn."

Nodiodd Erin. "Ia," cytunodd. "Dwi'n meddwl ella dy fod ti'n iawn."

"Wrth gwrs 'mod i'n iawn," meddai Llywela. "Meddwl ydw i dy fod ti'n ei chael hi'n anodd rhoi dy ffydd yn Zil a'r lleill am nad wyt ti yn eu nabod nhw'n dda iawn ac nad wyt ti *wir* yn meddwl eu bod nhw'n gwybod be maen nhw'n 'neud. Ydw i'n iawn?"

"Wyt, mae'n debyg," cytunodd Erin. "Maen nhw i gyd yn gwneud camgymeriadau ond rywsut maen nhw'n dal ati, a dwi'n cael hynny'n anodd. Ond mae gen i ffydd yn Dan," ychwanegodd.

"Ond mae'n rhaid iti gael ffydd ynddyn nhw *i gyd*," eglurodd Llywela. "Neu fe fydd y cwbl yn disgyn yn ddarnau."

"Ella wir," meddai Erin yn feddylgar.

"Ac un peth arall," ychwanegodd Llywela, yn agor ei cheg yn gysglyd. "'Run mor bwysig."

"Be?"

"Mae'n rhaid iddyn nhw gael ffydd ynot *ti*," meddai.

"Rhaid," cytunodd Erin yn araf, yn brathu'i gwefus. "Mae'n rhaid iddyn nhw, on'd oes?"

*   *   *

Yn ystod y dyddiau canlynol, ymdrechodd pob aelod o'r band yn galed iawn. Bu dewis cân newydd yn syniad gwirioneddol dda ac roedd Erin wedi gwrando ar gyngor Llywela ac wedi gweithio'n galed iawn i wneud i'r lleill sylweddoli ei bod hi o ddifri calon. Rŵan, o'r diwedd, roedden nhw'n dîm a phethau'n dechrau gweithio'n ardderchog. Pan ddaeth Huwcyn i wrando arnyn nhw'n ymarfer roedd o wrth ei fodd.

"Da iawn chi, bawb," meddai gan wenu i gyfeiriad Erin. "Dach chi'n dechrau rocio go iawn. Fyddwch chi'n cael tipyn o gwmni'ch gilydd heblaw pan fyddwch chi'n ymarfer?"

"Ro'n i'n meddwl ella y byddai'n syniad da cael pob pryd bwyd efo'n gilydd o hyn tan y cyngerdd," meddai Zil.

"Syniad da, Zil. Mwya'n y byd y medrwch chi ymddwyn fel teulu, gorau'n y byd," meddai Huwcyn, yn cymeradwyo'r syniad ar ei union. "Unwaith y byddwch chi i mewn i bennau'ch gilydd, byddwch yn perfformio'n wych. Petawn i'n eich lle chi, byddwn yn cychwyn y munud yma!"

* * *

Un gyda'r nos ychydig cyn y diwrnod mawr, galwodd Huwcyn ap Siôn Ifan a Mr Parri bawb o berfformwyr Sêr y Dyfodol at ei gilydd i wylio recordiad o berfformiadau'r flwyddyn gynt.

"Os bydd gynnoch chi syniad beth i'w ddisgwyl, gallai dawelu rhywfaint ar eich nerfau chi," meddai Mr Parri. "Dyma'r recordiad terfynol, wrth gwrs, a'r darnau welwch chi o'r perfformwyr unigol wedi eu cymryd yn ystod y dydd a'u golygu i mewn yn ddiweddarach. Ond bydd yn rhoi syniad o'r set a'r ffordd y byddwch chi'n cael eich cyflwyno."

Gwyliodd pawb y DVD. Roedd gan bawb ddigon i'w ddweud wedyn.

"Roedd o mor slic," meddai Zil.

"A'r holl steil!" ychwanegodd Erin yn edmygus.

"Oedd," cytunodd Mr Parri. "Ond cofiwch eich bod chithau yn broffesiynol hefyd. Mi fedrwch chi i gyd berfformio gystal â sêr llynedd."

"Gobeithio wir," meddai Dan yn frwd.

"A sôn am steil: mae'r criw coluro yn ardderchog am wneud i bawb edrych yn wych ar y teledu," ychwanegodd.

"Felly, nid ni sy'n penderfynu beth i'w wisgo?" gofynnodd Isla, yn siomedig braidd.

"O, ie," meddai Mr Parri. "Ond yna mae eu hadran wisgoedd nhw yn edrych arnoch chi ac yn awgrymu hyn a'r llall. Weithiau mae dillad sy'n edrych yn wych amdanoch chi yn edrych yn hollol wahanol ar y teledu."

"Ddwedodd rhywun wrtha i fod teledu yn gwneud i chi edrych yn dewach," meddai Zil.

"Teneuach, o'n i'n meddwl," meddai Erin.

"Wel, beth bynnag ydi o, does dim rhaid ichi boeni," meddai Mr Parri. "Erbyn i'r bobl dillad a choluro orffen efo chi, fydd sêr Hollywood ddim ynddi! Gwisgwch beth bynnag sy'n braf amdanoch chi ac fe wnan nhw'r gweddill."

*   *   *

Ond pan ddywedodd Erin yr hanes wrth Fflur a Ffion, roedd ganddyn nhw syniadau pendant ynghylch beth ddylai hi wisgo.

"Gwranda," meddai Fflur. "Modelau proffesiynol

ydan ni'n dwy! Cofia fod gynnon ni lond cwpwrdd o bethau gei di fenthyg." Lluchiodd ddrws ei chwpwrdd dillad ar agor yn ddramatig. Roedd hi'n llygad ei lle, wrth gwrs. Roedd Ffion a hithau yn cael tomenydd o ddillad gan ddylunwyr enwog – popeth yn y ffasiwn ddiweddaraf. Ac roedd yr efeilliaid yn hael iawn efo'r cyfan.

"Waeth inni wneud ymdrech efo be wyt ti'n wisgo," meddai Ffion. "Gawn ni hwyl."

"Pam na rown ni fy nghrys sidan i dros dy wisg goch di?" awgrymodd Fflur. "Sut ti'n meddwl fyddai hynny'n edrych?"

"Gawn ni weld. Dowch 'laen," meddai Ffion, yn agor drws ei chwpwrdd hithau hefyd. "Bydd gan bobl y stiwdio eu syniadau eu hunain, ond ofalwn ni dy fod ti'n mynd yno'n edrych yn wych."

"Iawn," cytunodd Erin. "Ella y bydd hynny'n gwneud imi stopio crynu yn fy sodlau."

"Does dim angen iti deimlo'n nerfus," meddai Fflur. "Byddi'n berffaith iawn gan fod y band a thitha'n deall eich gilydd yn iawn erbyn hyn."

"Ond dydan ni ddim wedi cyrraedd y lan eto

chwaith," cyfaddefodd Erin. "Mae'r gân newydd yn well, ond mae gan Len broblem efo'i riff. Mae'n un anodd iawn. A gan ei bod yn arwain at unawd Zil, mae'n taflu Zil oddi ar ei echel."

"Bydd popeth yn iawn ar y diwrnod," meddai Fflur. "Gei di weld. Mae Zil a Len yn siŵr o gael trefn ar bethau cyn hynny."

"Gobeithio, wir," meddai Erin. "Os na wnân nhw, *dwi'n* debygol o 'neud traed moch o bethau hefyd!"

6. Diwrnod y Cyngerdd

Y noson cyn y cyngerdd gwnaeth Erin ei gorau glas i gadw'n brysur rhag iddi gael amser i deimlo'n nerfus a phryderus. Gorffennodd ei gwaith cartref i gyd, hyd yn oed y darnau nad oedd i fod i mewn ar unwaith a bu'n chwarae tennis bwrdd efo Fflur am hydoedd, ond doedd dim byd yn ei helpu i beidio meddwl am y diwrnod mawr.

Ffion oedd y cyntaf i sylwi ar y llythyr ar wely Erin y noson honno.

"Be ydi o?" holodd Fflur fel roedd Erin yn agor yr amlen.

"Llythyr oddi wrth y Pennaeth," atebodd Erin yn syn. Taflodd olwg frysiog drosto cyn ei ddarllen yn uchel i bawb:

"Ar ran y staff i gyd, hoffwn ddymuno'r gorau i ti yng nghyngerdd Sêr y Dyfodol fory. Gweithiaist yn

galed iawn i gael y cyfle yma a chlywaf fod eich perfformiad chi'n raenus iawn. Gobeithio yr aiff popeth yn iawn iti ac y byddi'n mwynhau'r diwrnod.
Dymuniadau gorau,
Sioned Powell."

"Wyddwn i ddim mai Sioned oedd ei henw hi!" chwarddodd Fflur.

"Am lythyr clên," meddai Ffion.

"Eisio rhoi cic yn dy din di rhag iti barddu o enw da'r ysgol mae hi," meddai Llywela yn sur.

Rhoddodd Erin y llythyr yn ôl yn yr amlen. Byddai'n ei gadw am byth. Petai hi'n gwneud dim byd arall yn ei bywyd, o leiaf roedd hwn ganddi i brofi iddi fod yn Seren y Dyfodol yn ystod ei blwyddyn gynta ym Mhlas Dolwen: rhywbeth i ymfalchïo ynddo!

Wedi i'r golau ddiffodd, doedd Erin ddim eisiau dal ati i sgwrsio fel arfer. Roedd hi eisiau ychydig funudau i feddwl ar ei phen ei hun cyn cysgu ... petai hi'n gallu cysgu.

Gorweddodd i lawr a theimlo'r amlen yn siffrwd o dan ei gobennydd. Roedd Mrs Powell wedi clywed fod eu hact nhw'n 'raenus iawn'!

Nid miwsig roc oedd ei chariad cyntaf, ond roedd hi'n mwynhau bod efo'r band ac yn mwynhau canu fel rociwr am newid hefyd. Roedd yn hwyl a gobeithiai'n fawr y byddai'r hwyl yn disgleirio drwy'i pherffformiad.

Roedd y bechgyn yn gerddorion gwych ac wedi trefnu'r gân yn ysgafnach i gyd-fynd â dehongliad Erin. Gobeithiai'n fawr fod hynny'n gweithio. Roedden nhw i gyd yn meddwl ei fod, a'r athrawon fel petaen nhw'n credu hynny hefyd. O! Gobeithio y byddai Len yn llwyddo i gael ei riff yn iawn. Dyna oedd yn ei phoeni, oherwydd petai o'n methu, doedd hi ddim yn siŵr o bell ffordd y medrai hi gario ymlaen. Dibynnai popeth ar hynny.

Gwnaeth Erin ei gorau i fynd i gysgu, ond roedd y riff yn mynd rownd a rownd ei phen gan ei chadw'n effro, a gobeithiai â'i holl galon y gallai hi gario ymlaen heb faglu ac na fyddai'n siomi'r band. Trodd drosodd ac ochneidiodd. Byddai popeth drosodd erbyn yr adeg yma fory.

O dan ei gobennydd, dyna'r amlen yn siffrwd

unwaith yn rhagor. Ond ni chlywodd Erin. O'r diwedd, roedd hi wedi syrthio i gysgu.

*   *   *

Cododd Erin yn gynnar y bore wedyn. Golchodd ei gwallt a rhoddodd Fflur ychydig o gŵyr ynddo a'i sychu iddi.

"Dyna ni!" meddai Fflur, yn rhoi cam yn ôl ac yn edrych ar Erin yn fodlon. "Pob blewyn yn ei le. Fe ddylai gadw fel'na drwy'r dydd. Un peth llai iti boeni yn ei gylch."

"Diolch, Fflur," meddai Erin.

"Hwyl fawr," meddai Ffion pan ddaeth yr amser i fynd. "Bydd pawb yn meddwl amdanat ti. Gei di amser gwych, dwi'n siŵr!" Cofleidiodd Fflur a hithau Erin.

"Dwi'n eiddigeddus iawn," meddai Fflur wrthi. "Ond ti'n haeddu'r cyfle, felly mwynha bob eiliad!"

Dywedwyd wrth Erin am ddod â'i dillad perfformio efo hi mewn bag ac i wisgo rhywbeth cyffordus yn yr ymarferion yn ystod y dydd, felly gwisgai jîns a chrys-T fel arfer. Pan gyrhaeddodd brif adeilad yr ysgol i aros am y bws mini oedd yn mynd â nhw i stiwdio Barcud, roedd amryw o'r Sêr y Dyfodol eraill yno'n barod. Ymunodd Erin â nhw, ei hwyneb yn welw o gymysgedd o ofn a chyffro.

"Fedraist ti fwyta brecwast?" gofynnodd Zil. Doedd dim yn ei gynhyrfu fel arfer.

"Naddo," atebodd Erin. "Fedrwn i ddim."

"Na finnau chwaith," cyfaddefodd Zil. "Ond ddois i â banana efo fi rhag imi deimlo'n llwglyd ar y bws."

"Do'n i ddim yn meddwl ei bod yn siwrnai hir iawn," meddai Erin.

"Dydi hi ddim. Wn i ddim pam roeddwn i'n mynd i'r drafferth a dweud y gwir. Nerfau, debyg. Dwi wedi bod yn trio gofalu nad ydw i wedi anghofio dim byd ac roedd banana fel petai'n syniad da, ond dwi'n siŵr y cawn ni fwyd ganddyn nhw!" Chwarddodd. "Dwi'n meddwl 'mod i fwy ar bigau'r drain rŵan na phan ddois i yma am gyfweliad!"

"O! Dwi *yn* gobeithio na fydda i *byth* yn teimlo mor ddychrynllyd â'r tro hwnnw eto," meddai Erin, yn dechrau teimlo'n well y munud hwnnw!

Cyrhaeddodd Huwcyn ap Siôn Ifan a Mr Parri yn y bws.

"Cofiwch ein bod ni'n dau yn eich cefnogi chi bob cam o'r ffordd," meddai Mr Parri fel roedden nhw'n rhoi'u hofferynnau yn y bws. "Dan ni yma i ddatrys eich problemau os bydd rhywbeth yn eich poeni chi."

"Ble mae Dan?" gofynnodd Huwcyn ap Siôn Ifan.

"Wn i ddim," meddai Len. "Roedd o yn yr Adran Roc pan oeddwn i'n nôl fy ngitâr. Roeddwn i'n meddwl ei fod o'n dynn ar fy sodlau i."

Edrychodd Huwcyn ar ei oriawr. "Dydi Dan byth yn hwyr fel arfer," meddai. Edrychodd Zil a Len ar ei gilydd. Teimlai Erin ei stumog yn dechrau corddi rownd a rownd. Oedd pethau'n dechrau mynd o chwith cyn iddyn nhw hyd yn oed adael i fynd i'r stiwdio?

"Dacw fo!" meddai un o'r genethod hynaf.

Er mawr ryddhad i bawb, cyrhaeddodd Dan, yn cydio yn ei fag ysgol. "Mae'n ddrwg gen i," meddai'n fyr ei wynt pan gyrhaeddodd atyn nhw. "Sylweddoli wnes i mai fy hen ffyn oedd gen i, nid fy rhai gorau ac roedd yn rhaid i mi fynd yn ôl. Dach chi'n siŵr nad oes raid imi fynd â fy gêr drymio i gyd, yn tydach?" ychwanegodd wrth Huwcyn ap Siôn Ifan.

"Paid â phoeni dim o gwbl," atebodd yr athro. "Mae gêr drymio'r stiwdio yn wirioneddol dda. Bydd popeth wedi eu gosod yn eu lle yn barod ar dy gyfer di. Dim ond dy ffyn rwyt ti eu hangen."

Gwenodd Erin ar ei ffrind. Gwyddai'n union sut roedd o'n teimlo. Roedd hyd yn oed Dan, oedd mor ddigyffro fel arfer, ar bigau'r drain hefyd.

Roedd y stiwdio deledu ar gyrion y dref agosaf. Taith fer oedd hi yn y bws a phan gyrhaeddodd Sêr y Dyfodol yno, llusgodd pawb eu hofferynnau i mewn i'r dderbynfa. Fu dim raid iddyn nhw aros yn hir. Daeth geneth gyfeillgar yr olwg atyn nhw.

"Siân ydw i," meddai'n glên, gan ysgwyd llaw Huwcyn i ddechrau a Mr Parri wedyn. "Fi ydi'r ymchwilydd ar gyfer y rhaglen a fi fydd yn gofalu amdanoch chi heddiw. Os bydd arnoch chi angen unrhyw beth, gofynnwch i mi ac fe wna i 'ngorau i'ch helpu chi." Gwenodd ar bawb a dechreuodd Erin deimlo'n well. Doedd y lle ddim yn codi cymaint o arswyd arni ag roedd hi wedi'i ofni.

Aeth Siân â nhw i gyd ar hyd coridor ac i ystafell fawr gyda bwrdd a chadeiriau yn y pen draw. Roedd amryw o ampiau wedi eu plygio i mewn yn barod ac roedd gêr drymio sylfaenol yno hefyd. "Dyma'ch ystafell ymarfer chi," meddai hi wrthyn nhw. "Fe ddylech gael amser i fynd drwy'ch perfformiad yma o leiaf unwaith cyn i chi fynd i lawr i'r stiwdio am brawf sain. Daw Sam yma cyn bo hir i ffilmio pytiau anffurfiol ohonoch chi. Bydd rheini'n cael eu golygu i mewn i'r rhaglen derfynol: darnau bach rhwng y perfformiadau i ychwanegu diddordeb i'r gwylwyr," eglurodd. "Diodydd a bisgedi yn fan'cw. Daw rhywun â chinio draw ichi. O, ac yn ddiweddarach, byddaf yn holi am ryw bwt o wybodaeth bersonol gan bob un ohonoch chi – ar gyfer y trosleisio, unrhyw beth diddorol er mwyn y gwylwyr."

Sut fath o wybodaeth fyddai Siân eisiau, tybed, meddyliodd Erin. Fedrai hi ddim meddwl am ddim byd diddorol oedd hi wedi'i wneud cyn heddiw. Yna siarsiodd ei hun i beidio â phoeni. Roedd yn bwysicach canolbwyntio'n gyfan gwbl ar wneud ei gorau glas. Byddai'n rhaid iddi ofalu fod ganddi ddigon o egni ar gyfer hynny. Felly aeth efo'r bechgyn i weld sut fisgedi oedd ar gael. Llwyddodd Zil a hithau i fwyta un bob un a dechreuodd Erin ymlacio dipyn bach. Daeth y cynhyrchydd i'w gweld nhw i benderfynu, gyda help yr athrawon, ar y drefn berfformio.

"Dwi'n falch nad ni ydi'r cyntaf," sibrydodd Erin wrth Dan pan gyhoeddodd Huwcyn y drefn. "Trydydd ydan ni! Perffaith!"

Cyrhaeddodd Sam, y dyn camera hefyd.

"Hoffwn i ffilmio pawb yn sgwrsio ac yn ymarfer yn gyffredinol, ac yna ambell bwt unigol hefyd," eglurodd. "Nid ar gyfer cynulleidfa heddiw. Fyddan nhw ddim yn gweld y ffilm. Ond bydd y perfformiadau recordiwyd i gyd yn cael eu golygu a'r darnau dwi wedi'u ffilmio a'r trosleisio yn cael eu sgriptio ar gyfer y rhaglen."

"Pryd bydd y rhaglen yn cael ei darlledu?" gofynnodd Dan.

"Rhaglen Nadolig arbennig fydd hi fel arfer," meddai Sam.

"Ddim am hydoedd, felly," meddai Erin yn siomedig. A hithau wedi gobeithio'i gwylio efo'i theulu a'i ffrindiau yn ystod gwyliau'r haf!

"Fel 'na mae pethau yn y byd teledu," gwenodd Sam. "Ond bydd yr ysgol yn cael copi o'r rhaglen dipyn cyn iddi gael ei darlledu, felly baswn i'n meddwl y cewch chi ei gweld hi'n weddol fuan. Ond fe ddylech fod yn falch! Mae llawer mwy yn gwylio rhaglenni teledu'r gaeaf na rhai'r haf. Dach chi ddim wedi sylwi fel maen nhw'n ailddangos hen raglenni drwy gydol yr haf?"

Tra oedd Sam yn brysur gyda'i gamera, edrychodd Dan ac Erin ar ei gilydd. Berwai Erin o gyffro. Efallai wir na fyddai'r rhaglen yn cael ei darlledu am hydoedd, ond *byddai'n* mynd allan rywbryd a dyma lle'r oedden nhw – yn stiwdio Barcud! *Dyna* beth oedd yn bwysig. Yna, cofiodd am eu cân. Na … y peth pwysicaf un oedd eu bod yn perfformio'n well nag yr oedden nhw erioed wedi'i wneud yn eu bywydau. Yn sydyn llifodd yr holl amheuon yn ôl a dyna'i stumog yn troi drosodd. Roedd yn rhaid i'r gân fod yn berffaith. Efallai fod perffeithrwydd yn amhosib, ond doedd dim methu i fod!

7. Cyffro Mawr

Doedd hi ddim yn hawdd i Sam eu ffilmio i ddechrau. Roedd o eisiau tomen o ddarnau naturiol o'r myfyrwyr, ond gan fod y lle yn berwi o gyffro, roedd yn anodd iawn peidio torri allan i chwerthin pan anelai ei gamera i'w cyfeiriad. Gollyngodd Dan hanner bisgeden i'w ddiod mewn camgymeriad a chafodd pawb sterics. Allai neb roi'r gorau i chwerthin am hydoedd. Ond roedd Sam yn amyneddgar iawn ac o'r diwedd, wedi arfer tipyn efo'r camera, anghofiodd pawb ei fod yno a'i anwybyddu'n llwyr.

Wedi i'r band cyntaf estyn eu hofferynnau a dechrau ymarfer, roedd pawb fwy o gwmpas eu pethau o lawer. Efallai ei fod yn hwyl bod mewn stiwdio deledu, ond yno i weithio oedden nhw a byddai'n braf cael cychwyn ar y gwaith. Arhosodd

Erin a'r band eu tro yn ddiamynedd. Teimlai Erin fel petai miloedd o ieir bach yr haf yn hedfan yn annifyr yn ei stumog erbyn hyn, a fyddai'r gynulleidfa ddim yn cyrraedd am oriau. Gobeithiai'n fawr y byddai'n teimlo'n well unwaith y câi hi feicroffon yn ei llaw a rhoddodd ochenaid o ryddhad pan ddaeth eu tro o'r diwedd.

Ond fu pethau ddim yn rhwydd. Gwnaeth Jeff andros o gamgymeriad yn ystod eu cân. Yna baglodd Len ac wedyn gwnaeth Zil bethau'n waeth fyth drwy eu rhegi i'r cymylau. Pydrodd Dan ac Erin ymlaen fel roedden nhw wedi cytuno i wneud petai problem, ond bu ychydig o funudau sobor iawn nes llwyddodd y lleill i ail-gydio yn y gân. Doedd neb yn fodlon o gwbl ac roedd gan Zil gywilydd o fod wedi cael ei recordio'n rhegi ei ffrindiau.

"Mae'n wir ddrwg gen i," meddai. "Mae'n rhaid fod y tyndra'n dweud arna i!"

"Paid â phoeni," meddai Sam, yn dal i ffilmio. "Daw hwnna allan wrth olygu!"

Poenai Erin y byddai eu hymarfer gwael yn cael ei gynnwys yn y rhaglen deledu. Ond tawelodd Huwcyn ei hofnau hi.

"'Sdim angen poeni," meddai. "Chwilio am bethau diddorol maen nhw, nid dangos y pethau gwaethaf. Rhaglen ar gyfer pobl sy'n gwybod dim am y diwydiant cerddoriaeth ydi hi. Bydd yn ddiddorol iddyn nhw eich gweld chi'n gweithio ar y gân ac yna'n ei pherfformio'n berffaith yn ystod y cyngerdd."

"*Os* llwyddwn ni i'w pherfformio'n berffaith," meddai Jeff o dan ei wynt yn bryderus.

Roedd y tyndra yn gwasgu arnyn nhw i gyd. Yr unig beth o ddiddordeb i Sam a'r cwmni teledu oedd creu rhaglen dda, ond gwyddai'r myfyrwyr eu bod nhw yno i greu argraff dda ar gynulleidfa stiwdio fechan o arbenigwyr. Roedd yn hwyl bod mewn rhaglen deledu, ond roedd pawb eisiau cael eu cydnabod gan yr arbenigwyr.

Daethpwyd â pizza i mewn amser cinio, ond lwyddodd neb i fwyta llawer a phan ddaeth yn amser newid i'w dillad perfformio, teimlai Erin yn sâl.

"Wnes i 'rioed freuddwydio y byddwn yn cael cyfle, wnest ti?" meddai Ayesha, yr eneth fyddai'n canu deuawd efo Rob Copeland.

"Naddo," atebodd Erin. Straffagliodd i fynd i mewn i'r trowsus tynn roedd Fflur a Ffion wedi penderfynu y dylai wisgo a rhoddodd y top gwyrdd gloyw di-lewys amdani. "Ro'n i'n gobeithio bod yn un o Sêr y Dyfodol pan fyddwn i'n uwch yn yr ysgol, ond do'n i ddim yn breuddwydio y byddwn i ar ddiwedd fy mlwyddyn gynta."

"Wel, dydyn nhw ddim yn dewis pobl os nad ydyn nhw'n meddwl fod ganddyn nhw obaith llwyddo," meddai Ayesha wrthi. "Cofia mai ffenest siop ar gyfer talentau'r ysgol ydi'r cyngerdd yma. Fasan nhw byth yn gadael inni berfformio ar y teledu petaen nhw'n ofni inni eu siomi."

"Gobeithio dy fod ti'n iawn," meddai Erin. Ond teimlai'n ansicr iawn o bopeth erbyn hyn. Corddai ei stumog rownd a rownd yn ofnadwy.

Yna daeth Siân i gyfweld Erin. Roedd ar yr ymchwilydd angen deunydd cefndir er mwyn cael ffeithiau diddorol ar gyfer y trosleisio fyddai'n cyd-fynd â'r ymarfer. Holodd faint oedd oed Erin, am faint o amser y bu hi ym Mhlas Dolwen a phwy oedd ei hoff ganwyr.

"Bobol bach! Rwyt ti'n ifanc iawn i fod yn y rhaglen," meddai Siân pan atebodd Erin hi. "Mae'r rhan fwyaf o'r perfformwyr gryn dipyn yn hŷn, ond mae yma ddau ieuengach eleni. Chdi ac un o'r drymwyr, ynte?"

"Ie," cytunodd Erin. "Fe ddaethon ni'n dau o'r un ysgol ac fe gawson ni ysgoloriaethau i ddod i Blas Dolwen yr un pryd hefyd."

Roedd Siân wrth ei bodd yn clywed hyn. "Dyna'r union fath o beth diddorol mae arnon ni ei angen," meddai, yn sgwennu'r cyfan i lawr.

Yna, aeth pawb yn ei dro i'r adran goluro. Roedd yn rhaid i hyd yn oed y bechgyn gael powdr ar eu hwynebau rhag iddyn nhw sgleinio dan oleuadau cryf y stiwdio. Wedyn aeth pawb i'r adran wisgoedd.

Gwenodd Elain, meistres y gwisgoedd, ar Erin. "Rwyt ti'n edrych yn ddigon o ryfeddod," meddai wrthi. "Ond dwi'n meddwl y gallwn ni gael hyd i rywbeth i goroni'r cyfan." Cafodd air neu ddau gyda'r ferch oedd yn ei helpu. Aeth hi i nôl siaced filitaraidd wych yr olwg. Fel arfer, fyddai Erin byth wedi dewis y fath beth, ond teimlai'n braf yn ei gwisgo. Pan ymunodd â Dan a gweddill y band, sylweddolodd fod y thema filitaraidd wedi cael ei hymestyn yn gynnil i'r bechgyn hefyd. Bu'r adran wisgoedd yn glyfar iawn yn gwneud i'r band edrych fel grŵp heb wneud hynny'n amlwg. Gwisgai Dan het filwrol yr olwg.

"Waw!" meddai Erin pan welodd hi. "Dan! Rwyt ti'n edrych yn wych!"

Edrychai Dan yn anghyfforddus iawn. "Dwi'm wir eisio'i gwisgo hi," meddai wrthi. "Ond roedd Huwcyn yn dweud y dylwn i."

"Rwyt ti'n edrych yn ardderchog!" sicrhaodd Erin ef.

"Wyt ti'n meddwl?" meddai Dan, yn swnio fel petai pwysau wedi codi oddi ar ei feddwl.

Rhuthrodd yr amser ymlaen heb iddyn nhw sylwi ac ymhen fawr o dro aed â phawb i weld y stiwdio lle bydden nhw'n perfformio. Doedd Erin ddim wedi gweld lle tebyg erioed. Roedd yn anferthol, ond roedd y lle perfformio yn llai o lawer nag yr oedd hi wedi'i ddychmygu.

"Mae fel sèt lwyfan heb lwyfan!" meddai hi wrth Dan yn syn.

Peintiwyd waliau a llawr yr ystafell anferth yn ddu di-sglein, ac roedd y nenfwd, oedd yn uchel iawn, yn llawn goleuadau, heb ddim ond llond dwrn ohonyn nhw wedi eu troi ymlaen. Yng nghanol yr ystafell roedd cylch gwyn ar y llawr gydag amryw o sgriniau gwynion yn cuddio'r waliau duon tu cefn iddyn nhw.

"Dyma ble byddwch chi'n perfformio," meddai Siân, yn dangos y cylch gwyn ar y llawr.

"Mae'n fach iawn," meddai Dan yn bryderus.

"Paid â phoeni," meddai Siân. "Mae digon o le i bopeth. Dan ni wedi cynnal y math yma o gyngerdd lawer gwaith. Cewch gyfle i ymarfer yma ymhen ychydig funudau. Byddi'n dawelach dy feddwl wedyn."

"Dwi'n hoffi'r arwydd," meddai Ayesha.

"A fi," cytunodd Erin. Ar y canol roedd sgrin, ac yng nghanol y sgrin roedd seren fawr lachar. Cofiai ei gweld hi wrth wylio cyngerdd y flwyddyn gynt. Yng nghanol y seren winciai'r geiriau *Sêr y Dyfodol Plas Dolwen* mewn llythrennau disglair. Byddai pawb yn sefyll yn union o'u blaen pan fydden nhw'n perfformio.

"Ro'n i'n meddwl y byddai yna gynulleidfa fwy o lawer," meddai Zil, yn edrych ar y rhesi o gadeiriau yn wynebu'r arwydd Sêr y Dyfodol.

Ysgydwodd Mr Parri ei ben. "Mae teledu'n gallu chwarae llawer o driciau," meddai. "Cynulleidfa fechan sy wedi cael gwahoddiad. Ond pan fydd y cyngerdd yn cael ei ddarlledu ar y teledu, bydd yn edrych fel petaech chi'n perfformio mewn lle mwy o lawer."

Roedd Erin yn mynd i ofyn pam roedd yn rhaid i'r ystafell fod mor fawr a'r lle perfformio mor fychan, ond wedi edrych o'i chwmpas yn fwy gofalus gwelai'r ateb drosti'i hun. Roedd yr holl offer anghenrheidiol i greu rhaglen wedi'i osod yn rhan dywyll yr ystafell. Camerâu ar standiau mawr, amryw yn edrych fel petaen nhw ar graeniau. Ceblau duon yn nadreddu drwy bobman a gwyntyll anferthol mewn un gornel. Meicroffonau a breichiau i'w dal, cadeiriau wedi'u plygu. Doedd gan Erin ddim clem beth oedd hanner yr holl daclau.

Roedd llawer o bobl o gwmpas hefyd: y cynhyrchydd yn dweud wrth y dynion camera ble i osod eu camerâu, fflyd o dechnegwyr yn gofalu fod y set a'r offer sain yn barod, ac yn gosod gêr drymio'r stiwdio yn union o flaen y seren ddisglair.

"Mae hwnna'n gêr drymio a hanner," meddai Dan yn fodlon. "Dwi'n ysu am gael chwarae."

"Gei di gyfle'n fuan," meddai Siân. "Bydd y cynhyrchydd eisio rhai pobl yn eu llefydd er mwyn gweld fod y camerâu yn y lle iawn ac i gael y lefelau sain yn gywir ar gyfer pawb. Pwy sy am fynd gynta?" Edrychodd ar ei chlipfwrdd. "O! Nid dy fand di, Dan. Y llall. Ble ydach chi?" Gwenodd ar y myfyrwyr fel roedden nhw'n dod ymlaen. "Bydd y technegwyr yn barod ymhen rhyw ddeg munud," meddai wrthyn nhw. "Prawf sain yn syth wedyn. Iawn? Yna Ayesha a Rob, ac ar eu hôl nhw, Zil, tro dy fand di fydd hi. Yna …"

Trodd stumog Erin drosodd ac anadlodd yn ddwfn, ddwfn. Yn fuan, yn fuan iawn, iawn, byddai'n sefyll ar y llawr gwyn, gwyn yna ar gyfer prawf sain. Dipyn yn ddiweddarach, byddai'n rhoi perfformiad pwysicaf ei bywyd.

8. Bron Yno

Yn fuan iawn wedyn, galwyd ar Erin a gweddill y band am brawf sain. Yn grynedig, aeth pawb i'r lle perfformio a llithrodd Dan i eistedd tu ôl i'r gêr drymio. Bu'n rhaid i Erin aros tra oedd y peiriannydd sain yn gwrando ar Dan yn chwarae pob un o'r drymiau yn eu tro. Unwaith roedd y lefelau wedi'u gosod ar gyfer Dan, gofynnodd y peiriannydd i Jeff chwarae ychydig fariau ar ei gitâr fas. Tro Len oedd hi wedyn, ac ar ôl hynny, Zil.

Llyncodd Erin. Teimlai ei gwddw yn sych ofnadwy. Tybed allai hi wneud unrhyw sŵn o gwbl pan fyddai'r peiriannydd eisiau gosod y lefel ar gyfer ei llais hi? Un peth oedd canu ychydig linellau yn yr ysgol er mwyn i Owain Tudur fedru gosod y lefelau'n gywir ar gyfer perfformiad neu recordiad yn stiwdio'r ysgol, ond roedd hyn yn wahanol. Fyddai'r peiriannydd yma'n bigog petai hi'n gwneud llanast o bethau?

Ond roedd popeth yn iawn. Dyna falch oedd Erin ei fod yn gyfeillgar iawn. Ni chafodd drafferth o gwbl i ganu ychydig linellau i'w meicroffon ar ei gyfer.

"Mae hynna'n iawn," meddai wrthi. "Fedrwch chi i gyd chwarae efo'ch gilydd rŵan, os gwelwch yn dda?"

Edrychodd Dan arnyn nhw a chyfri: Un! Dau! Tri! Ac ymlaen â nhw drwy'r gân.

"Dyna ni, felly," meddai'r peiriannydd. "Mae lefelau sain pawb yn iawn. Oes gynnoch chi unrhyw broblem?"

"Oes. Alla i ddim clywed fy hun yn iawn," meddai Erin.

Cyn canu efo'r band, roedd Erin wedi rhyw feddwl ambell waith beth oedd y bocsys duon oedd o flaen pob band pan oedden nhw'n chwarae. Rŵan, roedd hi'n gwybod. Gallai'r gynulleidfa glywed y band oherwydd fod y cyrn llais wedi'u hanelu allan tuag atyn nhw, ond roedd yn rhaid i'r band glywed beth roedden nhw'n ei wneud hefyd.

Corn llais ychwanegol, yn cael ei alw'n fonitor oedd pob un o'r bocsys duon ac roedden nhw'n chwarae miwsig y band yn ôl iddyn nhw. Yn yr Adran Roc, roedd llais Erin yn cael ei chwarae'n ôl iddi drwy fonitor, ond yma roedden nhw wedi rhoi teclyn bach iddi i'wi wisgo yn ei chlust ond doedd y sŵn ddim yn dod drwyddo'n iawn.

"Be ydi'r broblem?" gofynnodd y peiriannydd.

"Mae gitâr Zil yn rhy uchel yn fy nghlust i," meddai Erin. "Mae arna i angen llai ohono fo a mwy ohonof i."

Cywirodd y peiriannydd y synau yn mynd i mewn i glust Erin a rhoddwyd cynnig arall arni.

"Dydi o ddim yn iawn eto chwaith," meddai hi, yn teimlo cywilydd braidd ac yn bryderus iawn hefyd. Ond nid ei bai hi oedd o nad oedd y lefelau yn berffaith iawn ac roedd yn hanfodol ei bod hi'n medru clywed yn iawn.

Bu'r peiriannydd yn ffidlan efo'r lefelau i gyd, ond doedd Erin druan ddim yn clywed y sŵn cywir wedyn chwaith. Roedd pawb yn dechrau edrych yn bryderus a'r amser yn tic-tocian heibio a'r perfformwyr eraill eisiau gwneud prawf sain hefyd cyn dechrau'r rhaglen.

"Sut mae o rŵan?" gofynnodd y peiriannydd.

Ond y tro yma chlywai hi affliw o ddim yn ei chlust.

"Dim byd, mae'n ddrwg gen i," meddai bron, bron â chrio, ei hyder yn diflannu'n gyflym erbyn hyn. Efallai nad problem dechnegol oedd hi. Oedd hi'n gwneud rhywbeth hurt? Roedd yn sobor cael rhywbeth mor bwysig yn mynd o'i le ychydig cyn dechrau'r rhaglen. *Be wna i os na allan nhw'i gael o'n iawn?* gofynnodd Erin iddi'i hun. *Os na fydda i'n clywed yn iawn, fe allwn i ddod i mewn ar yr adeg anghywir a difetha'r gân i gyd!* Dyna hunllef gwaethaf pob canwr ac roedd yn digwydd iddi hi y munud yma, yng nghyngerdd Sêr y Dyfodol.

Daeth cymhorthydd y peiriannydd â theclyn arall i Erin i'w roi yn ei chlust. "Rhag ofn mai hwnna sydd ar fai," meddai. "Rho hwn yn ei le."

A diolch byth, dyna *oedd* wedi achosi'r problemau. Rhoddodd Erin ochenaid o ryddhad.

"Mae'r pethau yma'n digwydd," meddai'r

cymhorthydd, yn gwenu'n glên ar Erin. "Paid â gadael iddo dy daflu oddi ar d'echel."

Gwyddai Erin ei bod hi'n llygad ei lle. Doedd fiw iddi adael i nam bach technegol amharu arni yn union cyn perfformio.

"Sut mae'r lefelau iti rŵan?" holodd y peiriannydd.

Cododd Erin ei bawd arno. "Gwell o *lawer*, diolch," meddai wrtho. "Rŵan dwi'n clywed be dwi'n 'neud a be mae pawb arall yn ei chwarae hefyd."

Aethon nhw drwy'r gân drachefn a'r tro yma roedd popeth yn ardderchog. Ond roedd yn rhaid ystyried y camerâu hefyd.

"Mae'n rhaid trin camera fel ffrind," meddai'r cynhyrchydd wrthyn nhw. "Cofiwch hynny. Oes, mae yna gynulleidfa fyw fechan, ond peidiwch ag esgeuluso'r camera. Cynulleidfa ydi'r camera hefyd."

Roedd Erin wrth ei bodd efo'r cyngor yma. Roedd hi wedi darllen ynghylch trin camera fel ffrind ers talwm iawn, cyn iddi ddod i ysgol Plas Dolwen 'rioed. Roedd hi wedi ymarfer yn ei hystafell wely 'l cyn iddi feddwl y byddai'n cael y cyfle i'w wneud go iawn. Yn awr gallai roi prawf ar beth roedd hi wedi'i ymarfer!

Wedi gorffen y profion sain, aeth y myfyrwyr yn ôl i'r ystafell ymarfer i aros eu tro. Dyna anodd oedd yr holl aros. Tra oedden nhw wrthi'n gwneud rhywbeth roedd nerfusrwydd Erin yn diflannu, ond cyn gynted ag yr eisteddodd i lawr yn yr ystafell ymarfer, llifodd y pryder yn ôl. Felly aeth i gornel dawel i wneud yr ymarferion anadlu roedd Mr Parri wedi'u dysgu iddi. Roedden nhw'n help mawr i dawelu, ond yr unig beth roedd Erin yn sicr fyddai'n helpu, fyddai mynd yn ôl ar y cylch gwyn bychan yna i berfformio. Aeth yn ôl at y lleill. Roedd hi bron iawn yn amser erbyn hyn.

"Sgwn i be mae pawb yn yr ysgol yn ei wneud?" meddai hi wrth Dan, oedd wrthi'n troi a throsi a throelli ei ffyn gan geisio'u chwyrlïo yn yr awyr heb fawr o lwyddiant, er ei fod yn gwneud hynny'n hynod o dda fel arfer.

Edrychodd ar ei oriawr. "Mae bron yn amser te," meddai. "Fe fyddan nhw'n dod allan o Ffrangeg." Troellodd ei ffyn wedyn a gollwng y ddwy.

"Dwi'n meddwl y byddai'n well iti beidio gwneud hynna ar y teli," meddai Zil.

"Paid â phoeni," meddai Dan. "Wna i ddim."

Ar hynny, crynodd ffôn Erin a thynnodd o o'i phoced.

"Mae f'un i yn mynd hefyd!" meddai Dan.

Edrychodd Erin ar ei neges. *Meddwl amdanat. Hwyl fawr. Cariad, Ffion, Fflur a Llywela.*

"Dwi wedi cael un hefyd," meddai Dan, pan ddangosodd Erin ei un hi iddo. "O, ac mae Cochyn wedi anfon un hefyd. Fydd o byth yn tecstio neb fel arfer." Dangosodd ei ffôn iddi. "Yli, mae o i ti hefyd."

Darllenodd Erin y neges. *Ffrindiau, rhowch wên FAWR i mi!* Chwarddodd Erin. Pwy ond Cochyn fyddai'n anfon neges mor wreiddiol? Roedd yn braf gwybod fod pobl yn meddwl amdanyn nhw. Gwyddai pawb yn yr ysgol pryd roedd y perfformiad yn cychwyn, felly mae'n rhaid eu bod nhw wedi sylweddoli fod amser te yn amser call i anfon eu dymuniadau gorau.

Yn fuan iawn byddai'r gynulleidfa yn cyrraedd ac yn setlo yn eu seddau. Wyddai neb yn iawn pwy yn hollol fyddai'n dod yno, ond yn sicr, byddai yno ddigon o bobl bwysig. Roedd cofio hynny yn ddigon i wneud i Erin ddechrau crynu yn ei sodlau.

Fyddai hi'n cofio popeth roedd hi wedi'i ddysgu? Pan fyddai'r rhaglen yn mynd allan ar y teledu o'r diwedd, gwyddai y byddai ei ffrindiau o Blas Dolwen a thu hwnt yn gwylio. Byddai ei theulu yn gwylio hefyd. Doedd hi ddim eisiau eu siomi nhw i gyd. A beth am Mr Parri? Roedd o wedi treulio oriau yn ei helpu hi i gael y gorau o'i llais. Yn awr roedd Erin eisiau dangos iddo ei bod hi wedi gwrando ar bopeth roedd o wedi'i ddweud ac wedi cofio pob gair. Roedd hi eisiau dangos iddo fo a Huwcyn ap Siôn Ifan, oedd wedi ei chefnogi hi erioed, y gallai hi wneud hyn. Roedd hi eisiau ei wneud er mwyn ei theulu hefyd, wrth gwrs, ond yn fwy na dim, roedd Erin eisiau llwyddo yn y cyngerdd yma er ei mwyn ei hun a gweddill y band.

Fel roedd hi'n meddwl hyn, roedd pawb arall hefyd yn ddistaw, yn paratoi eu hunain yn feddyliol ar gyfer perfformiad pwysicaf eu bywyd. Yna agorwyd y drws a daeth Siân i mewn.

"Dowch efo fi," meddai.

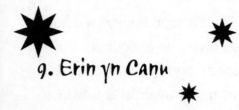

9. Erin yn Canu

Dilynodd criw'r act gyntaf Siân allan o'r ystafell a gwaeddodd pawb arall eu dymuniadau gorau.

"Hwyl fawr!"

"Pob lwc!"

"Ewch amdani!"

Caeodd y drws tu cefn iddyn nhw a syrthiodd tawelwch llethol dros yr ystafell. Roedd golwg nerfus iawn ar y band arall. Gobeithiai Erin y bydden nhw'n iawn. Ar hynny, goleuodd sgrin yn uchel ar wal a gallent weld y stiwdio. Roedd y gynulleidfa yno'n barod, yn aros am y perfformiad cyntaf.

"Anhygoel!" meddai Zil. "Do'n i ddim yn sylweddoli y byddem ninnau'n gallu gweld y cyngerdd hefyd."

Aeth y band i'w llefydd. Un! Dau! Tri! Ac i ffwrdd

â nhw. Gwyliodd Erin yn ofalus. Roedd pytiau o bob camera yn cael eu bwydo i'r monitor ac weithiau gallai weld ymateb rhannau o'r gynulleidfa.

"Mae Mrs Powell yna!" meddai Jeff, yn cyfeirio at y sgrin.

"Yn lle?" gofynnodd Erin.

"Ges i gip arni hi fel roedd y camera yn symud dros y gynulleidfa."

Yna cafwyd cip arall arni. Chwarddodd Mr Parri am eu bod mor gyffrous.

"Doeddech chi 'rioed yn meddwl na fyddai'r Pennaeth yma?" meddai wrthyn nhw. "Dyma uchafbwynt y flwyddyn ysgol iddi hi."

"Ie, debyg," meddai Len. "Ond doeddwn i ddim wedi sylweddoli y byddai hi yma chwaith. Dwi'n teimlo gymaint gwell ei bod hi yma i'n cefnogi ni."

Teimlai Erin felly hefyd. Gallai Mrs Powell godi tipyn o ofn ar rywun, ond rywfodd teimlai'n fwy hyderus am ei bod hi yn y gynulleidfa.

Ymhen fawr o dro, roedd perfformiad y band cyntaf drosodd. Edrychai pob un ohonyn nhw'n falch iawn eu bod wedi gorffen pan ddaethon nhw'n ôl. Roedd Ayesha a Rob ar eu traed yn barod.

"Pob lwc!" galwodd Erin wrth i'r ddau ganwr ddiflannu efo Siân.

Cydiodd Dan yn ei ffyn, a'u rhoi i lawr wedyn. Curodd rhythm nerfus ar ei goes efo'i fysedd. Eu tro nhw fyddai nesaf.

Roedd Ayesha a Rob yn wirioneddol wych. Canodd y ddau yn ardderchog gyda'i gilydd ac roedd Erin yn siŵr y byddai'r gynulleidfa deledu wrth ei bodd efo nhw. Perfformiad gwefreiddiol, cwbl broffesiynol.

Ond rŵan roedd Siân yn ôl, yn barod i fynd ag Erin a'r bechgyn i'r stiwdio. Neidiodd Erin ar ei thraed. Yn sydyn doedd hi ddim yn teimlo'n barod, er yr holl amser roedden nhw wedi'i dreulio yn aros am y munud hwn. Ond dyma'i huchelgais ers iddi gychwyn ym Mhlas Dolwen. Roedd yn *rhaid* iddi fod yn barod. Anadlodd yn ddwfn. ddwfn.

Byddaf yn iawn, siarsiodd ei hun. *Yn berffaith iawn. Byddaf, wrth gwrs.* Gwyddai ym mêr ei hesgyrn ei bod hi yn y lle iawn ar yr adeg iawn. Er mwyn hyn roedd hi mewn bod. Ie. Wrth gwrs.

Byddai'n iawn. Dim ond i neb wneud camgymeriad.

"Pawb i gofio gadael ei ffôn ar ôl," rhybuddiodd Siân.

Rhoddodd Erin ei ffôn ar y bwrdd, ffliciodd y ferch goluro'r mymryn lleiaf o bowdwr ar ei hwyneb am y tro olaf ac wedyn roedden nhw'n barod.

Gwenodd Erin a Dan ar ei gilydd yn nerfus. Daeth yr awr! Eu tro nhw oedd hi rŵan. Safodd y bechgyn a hithau y tu ôl i Siân.

"Barod?" gofynnodd. Nodiodd pawb yn nerfus. Mewn munud roedden nhw yn y coridor cul yn arwain i'r stiwdio llawn golau llachar. Roedd Rob ac Ayesha yn dod tuag atyn nhw a gwelai Erin fod llygaid Ayesha yn pefrio o gyffro.

"Gwna dy orau glas!" meddai hi wrth Erin fel roedden nhw'n cyfarfod. Ond doedd dim amser i ateb yn iawn. Roedd yn rhaid i Erin frysio i gadw efo'r bechgyn. Yna roedden nhw wedi cyrraedd a Siân yn agor drws y stiwdio iddyn nhw. Roedd y goleuadau i gyd ymlaen a'r lle yn barod.

Roedd yn rhyfedd cerdded at y cylch gwyn eto gyda rhesi o bobl yn gwylio. Doedd Erin erioed wedi perfformio mor agos at gynulleidfa fyw o'r blaen. Fel roedd hi a'r band yn ymddangos, cymeradwyodd y gynulleidfa ond swniai'r clapio yn dila iawn gan fod cyn lleied o bobl yno. Teimlai'n boeth iawn o dan y goleuadau cryfion ac roedd yn rhaid iddi weithio'n galed i ganolbwyntio'n gyfan gwbl.

Roedden nhw wedi dweud wrthi am wylio am y golau bach ar bob camera. Dangosai hwnnw pryd roedd o'n ffilmio. *Trin y camera fel ffrind*, siarsiodd ei hun a gwenodd yn llawen i gamera dau fel petai'n teimlo'n gwbl gartrefol. Llithrodd Dan tu cefn i'r gêr drymio a chydiodd gweddill y bechgyn yn eu gitarau. Cododd Erin y meicroffon oddi ar ei stand. Chwaraeodd Zil y cord cyntaf, ac i ffwrdd â nhw!

Am rhyw far neu ddau, roedden nhw'n dal i deimlo'u traed ac ofnai Erin na swniai'r gân yn ddigon hyderus.

Rhaid imi wrando ar Dan, atgoffodd ei hun.

Roedd o'n chwarae mor ddibynadwy ag arfer. Y cyfan roedd yn rhaid iddyn nhw'i wneud oedd gwrando ar ei guriad a chadw i'r un rhythm. Aen nhw ddim yn bell o'u lle wedyn. Trodd at y band i roi rhywfaint o gefnogaeth iddyn nhw ac yna daliodd Zil ei llygaid a gwenodd. Teimlodd Erin ei hun yn gwenu'n ôl a gobeithiai fod y camera wedi dal yr union eiliad.

Ond roedden nhw'n cyrraedd rhan dyngedfennol y gân. Roedd riff Len ar fin cychwyn a dechreuodd calon Erin ddyrnu.

Paid â chynhyrfu, meddai wrthi'i hun. Byddai cynhyrfu'n effeithio ar ei hanadlu a hynny'n ei rhwystro rhag canu'n iawn. *Ty'd 'laen, Len. Mi fyddi di'n iawn, boi,* meddyliodd. *O! Paid â gwneud i mi dy helpu di!*

Trodd i gael gip arno ac er arswyd iddi, gwelai ei fod yntau'n dechrau cynhyrfu'n lân. Un linell arall oedd ganddi i'w chanu cyn i'w riff gymryd drosodd, ond edrychai Len druan fel petai o eisoes wedi penderfynu y byddai'n gwneud traed moch ohoni. Edrychodd arno'n bwrpasol a chanodd ei llinell yn berffaith er ei fwyn, yn mynnu ei fod yn llwyddo.

Roedd ei nodau cyntaf yn iawn, ond yna cyrhaeddodd y rhan y byddai'n baglu drosto weithiau a dechreuodd pethau fynd o chwith. Fedrai

Erin ddim gadael iddo fynd i fwy o dwll. Roedd yn rhaid iddi wneud rhywbeth i helpu. Petai'n cael ychydig eiliadau i ddod ato'i hun, doedd bosib na fyddai'n llwyddo i'w wneud yn iawn petai cyfle am ail gynnig?

Doedd dim geiriau i gyd-fynd â'r riff, felly agorodd Erin ei cheg a chanu'r nodau unwaith iddo mewn llais clir. Edrychodd ar Zil. Nodiodd yntau'n gynnil a chwarae i fyny at y riff drachefn. Canodd Erin y llinell wedyn ar gyfer Len. Roedd o'n dal i straffaglio felly canodd hi unwaith yn rhagor. Y tro hwn, pan ddaeth rownd drachefn, roedd Len yn barod. Nodiodd arni'n ddiolchgar a chymerodd drosodd.

Roedd ei nodau bron yn berffaith a bu bron i Erin weiddi hwrê. Ond wnaeth hi ddim. Edrychodd i gyfeiriad Len wedyn. Cyfarfu eu llygaid a gwenodd Len. Ond roedd yn bwysig nad oedd Erin yn methu dod i mewn ar gyfer y bennill nesaf. Gwyliai Zil hi'n bryderus. Gwenodd yn siriol arno ac edrychodd yntau'n fwy ffyddiog.

Berwai Erin o hyder erbyn hyn. Roedd y band yn rocio, ei llais yn gwneud cyfiawnder â'r gân, ond teimlai yn ei chalon yr hoffai gynnig rhywbeth ychwanegol, rhywbeth gwahanol. Roedd hi wedi bloeddio canu'r bennill gynta ac wedi canu'r cytgan efo Zil yn gefndir iddi, ond pan ddaeth at yr ail bennill rhuthrodd ei meddwl ymlaen at ei hoff linell. Fel roedd hi'n cyrraedd ati, tawelodd ei llais ac edrychodd ar Dan. Dilynodd ei ddrymio ei theimlad a thynerodd ei chwarae. Synhwyrai Erin syndod Zil, ond dilynodd yntau ei harweiniad hi, a'r ddau arall hefyd. Yn lle canu'r llinell, dywedodd hi, yn ddistaw ac yn llawn teimlad.

Edrychodd yn ôl ar Dan wedyn a nodiodd. Cododd yntau'r curiad unwaith yn rhagor a dilynodd y gitarwyr.

Canodd weddill y bennill yn y traddodiad roc gorau. Roedd y band yn mynd yn ardderchog yn awr. Dyrnai Dan ei ddrymiau ac roedd arweiniad Zil yn fuddugoliaethus. Gorffennodd pawb efo'i gilydd i'r eiliad, fel petaen nhw'n un person yn lle pump.

Moesymgrymodd y pump a chwifio i'r camerau fel roedd y gynulleidfa yn cymeradwyo. Teimlai Erin fel petai ar ben y byd. Dyna'r perfformiad gorau erioed – yn well nag mewn unrhyw ymarfer! Roedd pob un ohonyn nhw wedi cael cyfle i ddangos ei ddawn unigol ac wedi swnio'n ardderchog gyda'i gilydd hefyd.

Croesawyd nhw'n ôl i'r ystafell ymarfer gyda bonllefau o gymeradwyaeth gan bawb arall. Prin y cafodd Erin gyfle i ddymuno'n dda i'r act nesaf cyn i donnau o ganmoliaeth gan weddill y myfyrwyr a'r athrawon sgubo drosti.

"Roedd hynna'n wych!" meddai Huwcyn ap Siôn Ifan wrth y band. "Roeddech chi i gyd yn rhagorol."

"Sut cest ti'r syniad o ddweud y llinell yna yn lle ei chanu hi?" holodd Zil.

"Wn i ddim," meddai Erin, yn teimlo braidd yn chwithig erbyn hyn. "Mae'n ddrwg gen i. Dod drosta i'n sydyn wnaeth o. Oedd o'n iawn?"

"Ddylet ti ddim cyflwyno syniadau newydd mewn perfformiad mor bwysig," meddai Jeff. "Beth petaen ni wedi gwneud llanast go iawn?"

"Ond wnaethon ni ddim," meddai Dan. "Gwyddwn yn union be oeddet ti eisio, Erin. Wnest ti gyfathrebu'n ardderchog. Ac roedd y llinell yna'n anhygoel."

"A diolch am f'achub i," meddai Len. "Gynhyrfais i'n lân yn fan'na am funud."

"Gadwaist ti ei gefn o'n wych," meddai Zil. "Dwi'm yn meddwl fod neb wedi sylweddoli nad fel'na roedd pethau i fod."

"Chwaraeaist ti dy riff yn wych wedyn," meddai Erin wrth Len. "Roeddwn i eisio gweiddi hwrê!"

"Dwi'n falch na wnest ti ddim," chwarddodd Dan.

"Diolch yn fawr am adael i mi ganu efo chi," meddai Erin yn ddiffuant. "Wnes i 'rioed feddwl y byddwn i'n dweud hyn, ond ro'n i wrth fy modd."

"Hoffet ti 'neud rhywbeth tebyg rywbryd eto?" gofynnodd Mr Parri.

Edrychodd Erin arno. "Baswn," atebodd. "Os ga i gyfle. Mae'n wahanol iawn i be dwi'n arfer 'neud, ond roedd yn wych perfformio efo'r band. Faswn i ddim wedi colli hynna am ffortiwn!"

"Wel, gobeithio y daw rhywbeth ohono," meddai Zil.

"Paid â phoeni," meddai Huwcyn ap Siôn Ifan. "Mae 'na ddigon o bobl bwysig allan yn fan'na, a gewch chi i gyd gyfle i siarad efo nhw yn yr ystafell groeso wedyn."

"Gawn ni?" meddai Erin, yn dychryn braidd. "Fydda i ddim yn gwybod be i ddweud."

"Dim ond parti ydi o," meddai Huwcyn. "Does dim rhaid iti 'neud dim byd ond mwynhau dy hun."

"Wel!" meddai Erin. "Dwi'n meddwl y galla i 'neud hynny'n iawn."

10. Y Parti

Daeth Siân â'r perfformiwr olaf yn ôl o'r stiwdio a'r tro yma, yn lle gadael ar ei hunion, daeth i mewn ac eisteddodd i lawr. Arhosodd tra oedd pawb yn llongyfarch Isla.

"Da iawn, Isla! Roeddet ti'n wych," meddai un o'r myfyrwyr hŷn eraill wrthi.

Roedd yn rhaid i Erin gyfaddef fod Isla wedi manteisio i'r eithaf ar ei chyfle ac wedi cloi'r cyngerdd gydag uchafbwynt ardderchog, ei llais wedi swyno pawb yn y gynulleidfa. Byddai hi'n gadael yr ysgol yn fuan ac yn haeddu cael gyrfa lwyddiannus iawn. Roedd addysg Plas Dolwen wedi gwneud Isla yn gantores aeddfed, ddawnus. Gobeithiai Erin yn ei chalon y byddai'n gwneud hynny iddi hithau.

Unwaith roedd pawb wedi tawelu, cododd Siân ar ei thraed i gael eu sylw.

"Wel," cychwynnodd, "llongyfarchiadau gen i hefyd. Mae pawb wedi perfformio'n ardderchog. Roedd yn bleser gofalu amdanoch chi. Diolch i chi am fod mor broffesiynol."

Teimlai Erin yn gynnes braf tu mewn. Roedd yn braf iawn cael canmoliaeth fel yna gan rywun oedd fwy na thebyg wedi cyfarfod degau o sêr.

"Pawb yn barod? Dilynwch fi i'r ystafell groeso i gyfarfod y gynulleidfa a chael tamaid i'w fwyta cyn mynd yn ôl i'r ysgol. Iawn? Dowch ar f'ôl i."

Cerddodd Dan efo Erin. "Dwi ar lwgu," meddai. "Gobeithio fod 'na ddigon o fwyd!"

Chwarddodd Erin. "Wnest ti ddim bwyta'r pizza gawson ni i ginio?"

"Allwn i ddim," atebodd Dan. "Ond dwi eisio bwyd yn ofnadwy rŵan."

"A fi hefyd," cytunodd Erin, yn sylweddoli'n sydyn ei bod hi'n llwglyd iawn.

Doedd yr ystafell groeso ddim mor grand ag yr oedd hi'n swnio. Dim ond ystafell arall oedd hi, yn llawn o aelodau'r gynulleidfa i gyd yn siarad ar dop eu lleisiau. Ond, pan welon nhw'r myfyrwyr yn dod i mewn, dechreuodd pawb guro dwylo. Bron i hynny lethu Erin.

Am ychydig funudau, cadwodd y myfyrwyr yn glòs at ei gilydd, yn ansicr beth i'w wneud. Yna daeth gweinydd atyn nhw gyda llond hambwrdd o fwyd.

"'Sgwn i pwy ydi'r person pwysicaf yn yr ystafell yma?" meddai Erin yn bwyta creision ac yn syllu o'i hamgylch. Edrychai'r rhan fwyaf ohonyn nhw'n gyffredin iawn. Ond roedd yn amhosib dweud.

"Beth amdano fo?" meddai Dan, yn pwyntio at ddyn yn gwisgo tei llachar iawn a siaced ledr. "Ella ei fod o'n bennaeth cwmni recordio."

"Ddrwg gen i dy siomi di," meddai Mr Parri, a safai gerllaw. "Dwi'n digwydd gwybod mai gohebydd efo'r papur newydd lleol ydi o. Mae'n well i mi fynd draw i gael gair efo fo, debyg. Esgusodwch fi."

Ar hynny, gadawodd nhw. Edrychodd Dan ar Erin a chodi'i ysgwyddau.

"Wel, mae'n debyg y daw'r bobl P&D atom ni os oes ganddyn nhw ddiddordeb," meddai Erin.

"Gobeithio wir," meddai Dan.

Roedd rhywun yn dod draw at y ddau ffrind, ond rhywun roedden nhw'n ei adnabod yn iawn oedd o.

"Sut hwyl sydd erbyn hyn?" meddai Huwcyn ap Siôn Ifan. "'Sgynnoch chi ddigon i'w fwyta?"

"Oes, diolch," meddai Erin.

"Mae 'na rywun draw yn fan'cw sy eisio gair efo ti," meddai Huwcyn wrth Dan. "Ty'd efo fi – i mi gael dy gyflwyno di." Aeth â Dan efo fo a gadawyd Erin ar ei phen ei hun.

Am ychydig funudau, doedd hi ddim yn malio bod ar ei phen ei hun. Roedd yn hwyl gwylio pawb yn sgwrsio. Roedd Huwcyn wedi mynd â Dan draw at ddyn mawr yn gwisgo het liwgar. Gwenai'r dyn ar Dan ac yn awr rhoddodd rywbeth edrychai'n debyg i gerdyn busnes yn ei law. Rhedodd ias o eiddigedd drwy Erin. Yn ôl pob tebyg roedd rhywun yn dangos diddordeb yn Dan, ond doedd dim golwg fod neb eisiau siarad efo hi. Oedd ei pherfformiad ddim wedi gwneud argraff ar *neb*?

Beth am fynd draw at Zil? Ond roedd o'n siarad yn ddifrifol efo gweddill bechgyn y band, a doedd Erin ddim eisiau dadansoddiad arall o'u perfformiad. Doedd hi ddim eisiau siarad efo neb oherwydd wyddai hi ddim pwy oedd 'run o'r bobl yma. Beth bynnag, hyd yn oed petai hi'n gwybod fod un ohonyn nhw'n chwilio am dalent i gwmni recordiau, beth fyddai hi'n ei ddweud wrthyn nhw? Roedd pawb yma wedi ei gweld hi'n perfformio. Petaen nhw'n meddwl ei bod hi'n werth cytundeb recordio, bydden nhw'n dod ati.

"Helô, Erin. Wnest ti'n dda iawn heddiw. Llongyfarchiadau ar dy berfformiad." Mrs Powell, Pennaeth yr ysgol, oedd yno.

"Diolch yn fawr," atebodd Erin yn gwrtais. Ond cyn i Mrs Powell gael cyfle i ddweud dim byd arall, daeth gwraig mewn oed ati i siarad a symudodd Mrs Powell draw. Crwydrodd Erin draw at y bwrdd bwyd a diod a chael hyd i dameidiau blasus iawn. Ond ar ôl cyffro'r perfformiad, teimlai braidd yn fflat erbyn hyn.

Cyn bo hir roedd llai o bobl yn yr ystafell gan fod rhai yn cychwyn am adref. Dechreuodd Huwcyn ap Siôn Ifan hel y myfyrwyr at ei gilydd ac unwaith roedd pawb gyda'i gilydd aethon nhw allan o'r stiwdio ac yn ôl i'r bws mini.

Aeth pawb i mewn i'r bws a Huwcyn yn cyfri pawb.

"Ble mae Mr Parri wedi mynd?" gofynnodd.

"Cydiodd rhywun ynddo fel roedd o'n dod allan," meddai Dan. "Ond ddwedodd o wrtha i am ddweud wrthach chi na fyddai o ddim yn hir."

"Iawn. Dim problem," meddai Huwcyn. "Does dim yn ein rhwystro rhag aros." Rhoddodd CD yn chwaraewr y bws.

"Asiant ydi'r dyn yna mewn het fawr," meddai Dan yn gyffrous. "Roedd o'n hoffi be oeddwn i'n 'neud. Ddwedodd o ella y byddai'n cysylltu efo fi rywbryd. Edrychwch! Mae wedi rhoi ei gerdyn i mi!"

"Waw!" meddai Erin, yn ymdrechu'n galed i beidio swnio'n wenwynllyd. Cydiodd yn y cerdyn ac edrych arno. Roedd yn sglein i gyd ac yn ddrud yr olwg. Dim rhyfedd fod Dan wedi gwirioni'n lân.

Syllodd allan drwy'r ffenest gan ddweud wrthi'i hun am beidio bod yn hurt. Roedd digon o amser i asiantau a chwmnïau recordio ddangos diddordeb ynddi hi. Ei blwyddyn gynta ym Mhlas Dolwen oedd hon. Doedd dim rhaid iddi feddwl o ddifri am ei gyrfa am flynyddoedd eto. Ara deg piau hi! Pwyll! Pwyll! Pwyll! *Dyna* fyddai'r athrawon i gyd yn ei bregethu bob amser. Dyna'r ffordd orau i gael gyrfa ym myd cerddoriaeth. Beth am yr holl bobl ifanc oedd wedi dod yn sêr dros nos? Gwyddai fod cymaint ohonyn nhw wedi diflannu o olwg y byd yn fuan iawn. Roedd eraill wedi methu byw efo'r enwogrwydd oedd wedi dod mor gyflym a'u bywyd wedi ei ddifetha.

Beth fyddai pobl yn ei ddweud hefyd?

Pan fydd seren yn rhagori
Fe fydd pawb â'i olwg arni;
Pan ddêl unwaith gwmwl drosti,
Ni fydd mwy o sôn amdani.

Nac oedd *wir*! Doedd hi ddim eisiau bod yn seren dan gwmwl. Roedd hi eisiau gyrfa fyddai'n para'n hir iawn. Doedd hi ddim eisiau bod yn seren wib fyddai'n pylu'n sydyn. Ond er hynny, roedd yn anodd aros yn obeithiol a'r myfyrwyr eraill yn cael y sylw i gyd. Wedi'r cyfan 'run oed â hi oedd Dan, ac roedd *o'n* cael sylw.

"Hwrê!" Cododd bloedd falch pan ymddangosodd Mr Parri a dringo i mewn i'r bws mini. Taniodd

Huwcyn yr injan, ond wnaeth Mr Parri ddim eistedd i lawr.

"Ble mae Erin?" gofynnodd, yn edrych dros y seddau.

"Yn fan'ma," meddai Erin, yn meddwl tybed beth oedd o'i le.

"Golwg braidd yn bethma arnat ti, Erin," meddai Mr Parri. "Wnest ti fwynhau'r parti?"

"Iawn, am wn i," meddai Erin.

"Wel, cwyd dy galon. Wnest ti'n dda iawn heddiw. Mae gen ti le i ymfalchïo. O, ac mae gen i hwn i ti." Rhoddodd Mr Parri gerdyn gwyn bychan iddi. Arno roedd enw a chyfeiriad. Doedden nhw'n golygu dim byd iddi.

"Be ydi o?" gofynnodd.

Gwenodd Mr Parri a thynnu ei law dros ei phen gan chwalu ei gwallt.

"Cerdyn busnes," atebodd.

"Ia, ond ..."

Ar y cardiau roedd Dan a Zil wedi eu cael roedd logo cwmni a manylion cysylltu, ond doedd hwn yn ddim byd ond cerdyn gwyn plaen efo enw a chyfeiriad rhywun arno.

Edrychodd Dan dros ei hysgwydd. "Cerdyn cwmni recordio ydi o?" gofynnodd yn amheus.

"'Swn i ddim yn meddwl," meddai Erin, yn meddwl am y cerdyn crand roedd o wedi'i gael.

"Nage, nid cerdyn cwmni recordio ydi o," meddai Mr Parri, yn wên o glust i glust. "Gwell na hynny!"

Edrychodd Erin a Dan ar ei gilydd. Beth allai fod yn well na chwmni recordio yn dangos diddordeb?

"Cymhorthydd Mel Williams roddodd y cerdyn yna i mi," meddai Mr Parri wrthi. "Glywaist ti am Mel Williams?"

Nodiodd Erin. Roedd pob canwr ym Mhlas Dolwen wedi clywed amdano fo. Cynhyrchydd annibynnol uchel iawn ei barch oedd o. Gwyddai pawb ei fod yn dewis a dethol ei berfformwyr yn ofalus iawn.

"Wel, roedd cymhorthydd Mel yn meddwl y gallai Mel fod â diddordeb dy glywed di'n canu unawd," meddai Mr Parri wrth Erin. "Hi gadwodd fi'n siarad rŵan," ychwanegodd wrth Huwcyn. "Roedd hi'n gofyn allwn ni drefnu cyfarfod y tymor nesa, er mwyn i Mel gael clywed Erin." Trodd ati. "Fydd hynny'n iawn gen ti?"

Roedd pen Erin yn chwyrlïo. Mel Williams? *Mel Williams*? Yn dangos diddordeb ynddi *hi*? Ychydig iawn, iawn o bobl fyddai'n cael gweithio efo fo. Ella wir mai dim ond barn ei gymhorthydd oedd hyn, ond roedd hi bownd o fod efo syniad go lew am y math o dalent y chwiliai amdano. Petai Mel Williams yn penderfynu gweithio efo hi, byddai'n andros o bluen yn ei het. Gwnâi argraff ar y diwydiant cerddoriaeth i gyd. Roedd yn enwog am sylwi ar dalent yn gynnar. Byddai'r sêr yr oedd o'n eu dewis wastad yn disgleirio yn y pen draw!

"Fydd hynna'n iawn, Erin?" gofynnodd Mr Parri wedyn.

Edrychodd Erin i fyny arno, ei llygaid yn pefrio. Fedrai hi ddim dweud yr un gair o'i phen. A hithau wedi meddwl nad oedd neb am ddangos diddordeb ynddi hi! Sôn am andros o sioc! Llyncodd Erin. Yn methu dweud yr un gair o hyd, nodiodd. A nodiodd wedyn, amryw o weithiau! A chlywai chwerthiniad mawr, cynnes Huwcyn ap Siôn Ifan yn rowlio rownd y bws fel roedden nhw'n cychwyn o'r maes parcio.

Gwenodd Zil yn falch arni. Dangosai gwên Dan ei

fod yntau hefyd yn falch o glywed y newydd.

Suddodd yn ôl i'w sedd, yn dal i gydio'n dynn yn y cerdyn bach, gwyn, plaen. Dyna flwyddyn fu hon! Pen yn y cymylau un funud. Traed ar y ddaear yr eiliad nesa. A gwaith caled. Gwyddai mai rhywbeth tebyg fyddai o'i blaen hefyd wrth iddi ymdrechu i lwyddo fel unawdydd. Ond, ar y funud, *roedd* Erin yn disgleirio – fel Seren y Dyfodol!

**Ac rwyt tithau'n
dyheu am fod
yn seren bop**

Yn dilyn mae rhai o
sêr y byd pop a roc Cymraeg
yn cynnig cyngor neu ddau
a all fod yn
gymorth iti
weld dy
freuddwyd
yn cael
ei gwireddu

Cam bach ar y llwyfan mawr

Digon o dalent?
Digon o ynni ac awydd?
Dyma chydig o awgrymiadau
i'th helpu i fod yn seren bop . . .

Rhaid iti fod yn gadarnhaol –
credu ynot dy hun, a bod yn hyderus.

Dechrau arni – paid â disgwyl.
Ymuna â chor yr ysgol neu
griw cân actol yr Urdd
neu ffurfia fand dy hun.

Does dim rhaid dilyn y dyrfa.
Paid ag ofni bod yn wahanol.

Penderfyniad – mae hwnnw'n beth mawr.
Gweithia'n galed a chanolbwyntia.

Bydd yn greadigol. Rho gynnig
ar sgwennu dy ganeuon dy hun.

Amynedd piau hi! Paid â rhoi'r
ffidil yn y to os na ddaw llwyddiant
dros nos.

Bacha'r cyfle pan ddaw
hwnnw heibio.

Rhaid bod yn barod i addasu –
rho gynnig ar wneud rhywbeth gwahanol
os bydd drws yn agor.

Tân yn y galon – mae'n rhaid
dangos ysbryd a theimlad yn
dy berfformiad.

Gwylia eraill, mae gweld a gwylio'r
sêr wrthi yn addysg ac yn bleser.
Rho help llaw i eraill.
Byddi dithau'n dysgu o
wneud hynny.